同心《どうしん》
～三姉妹のエチュード～
クラウド　原作
雑賀匡　著
虎宮はると・葉月望　原画
PARADIGM NOVELS 92

登場人物

駿河未歩《するがみほ》　三女。女子校生。おとなしく控えめな性格の少女。

駿河真樹《するがまき》　次女。元気が取り柄の女子大生。テニス部に所属。

駿河遼子《するがりょうこ》　長女。両親が他界した、駿河一家を支えている。

武林一平《たけばやしいっぺい》　真樹と同じ大学に通う、根っからのスケベ男。

夏目和博《なつめかずひろ》　遼子がいる総務課の課長。一見エリート風だが…。

周防美咲《すおうみさき》　遼子の同僚。お嬢様育ちでおっとりしている。

橋場雅彦《はしばまさひこ》　螢があこがれている先輩。女生徒に人気がある。

梨本祐輔《なしもとゆうすけ》　未歩の片思いの相手。ナッシーと呼ばれている。

里中螢《さとなかけい》　未歩の親友。未歩とは対照的な、にぎやかな女の子。

第二章　真樹

第四章　遼子

目次

プロローグ　遼子

夕方の電車内は比較的のんびりしている。

街とベットタウンを繋《つな》ぐ路線なので車内はそれなりに混雑しているけど、朝のラッシュ時よりは遙かにましね。朝もこれくらいだと楽なんだけど……。

車内の混雑ぶりから目を背けるように窓の外へ視線を移すと、夕暮れの陽光がビルを茜《あかね》色《いろ》に染めていた。この瞬間にしか見れない鮮やかな日没を楽しむのは、仕事を終えて帰宅する私の日課の一つになっている。

いつものように、その空の移り変わりの美しさを堪能していると、不意に何者かの手がいきなり私のお尻に触れてきた。偶然にあたってしまった……という感じじゃない。手のひら全体で、私のお尻をゆっくりと撫《な》でまわしてくる。間違いなく痴漢だ。

身体を揺すって逃れようとしたが、痴漢は背後から私の身体を抱え込むようにして執拗《しつよう》に追いすがってくる。私が動けなくなったことを確認すると、痴漢はあらためてお尻に手を伸ばしてきた。

「あ……やっ……」

思わず小さく声を漏らしてしまったけど、痴漢はお構いなし。お尻を触っていた手を前にまわすと、いきなりタイトスカートを腰の辺りにまで捲《まく》り上げ、ショーツの上から私の大事な部分を触ってきた。

「あ、ダメっ」

私はそう叫びかけ、慌てて唇を噛《か》んだ。

声を出せば周りに気付かれてしまう。そうすれば痴漢行為をやめさせることができるだろうけど、この恥ずかしい姿を他人に見られしまうかもしれない。そんな躊躇《とまど》いを見透かしたように、痴漢は大胆にも私の上着を捲り上げて白いブラジャーを露出させた。これでは声を上げて助けを呼べば、間違いなく私は周りの人の注目を浴びてしまうだろう。

「や、止めてください」

私は痴漢にだけ聞こえるように声を出し、必死にその手を振り解こうとした。

しかし、痴漢はそんな私をあざけるように、更に身体を密着させると手慣れた様子で身体をまさぐってくる。ショーツの上から割れ目を探るように指を動かされると、身体の奥がジンと痺《しび》れた。

「フフッ、こんなに濡《ぬ》らして……」

耳元で痴漢がいやらしい言葉を囁《ささや》いてくる。

その言葉に私は耳まで赤くなるのを自覚していた。ほんの少し触られただけなのに、身体の奥から熱い液体が滲《にじ》み出してきてショーツを湿らせているんだから……。

「おまけに、乳首までこんなに尖《とが》らせて……」

痴漢は露出したブラジャーの上から胸の先端に触れてくる。感じやすくなっていた私の乳首は、ブラ越しにでもはっきりとわかるぐらいに固くなっていた。

「い、いや……そんな」

私は再び身体を揺すって抵抗した。

顔もわからない痴漢にいやらしい言葉を囁かれ、身体をいいように弄《もてあそ》ばれていながら、いつの間にか興奮している。恥ずかしいが痴漢の言うことは事実だ。敏感になった乳首に容赦なく執拗な愛撫《あいぶ》を与えてくる痴漢の指に、私の身体は確かに感じている。

「フフッ……相当溜まってるみたいだね」

また、いやらしい言葉を囁くと、痴漢はついにショーツの中に指を入れてきた。

「あっ……」

指が割れ目を掻《か》き分けるように蠢《うごめ》き、クリトリスを探りあてて摘《つま》み上げる。ジワリと再び愛液が溢《あふ》れた。自分の愛液が痴漢の指を濡らしている……そう考えただけで、私は今まで以上に興奮してしまった。

「ホラ、もっと大声を出してもいいんだよ」

痴漢の指が荒々しく内部にまで侵入してきた。すでに、立っているのも限界だった。私は痴漢に身体を預け、漏れそうになる甘い吐息を首を振って我慢するのが精一杯。

「んんーっ！」

強く乳首をねじり上げられ、私は声を殺して叫んだ。もう、これ以上は耐えられないわ。このままでは、いつ他の乗客に知られてしまうかわからない。

……そう考えた時、車内アナウンスが響いて電車が駅に停車した。

「フフ、それじゃここでお別れだ。楽しかったよ。じゃ、また縁があったら」

名残惜しそうに私の身体から手を離すと、痴漢はそのまま外へと押し流される人波に混じって消えていった。私は急いで捲り上げられていた上着やスカートを戻し、そのままグッタリとドアにもたれかかった。

はあっ……なんでこんな目に遭わなきゃならないのよ。


心身共に疲れた私は、フラフラになりながら家にたどり着いた。

濡れた下着が気持ち悪い。早くシャワーを浴びて、痴漢に触られた身体を嫌な気持ちと一緒に洗い流したい……そんなことを考えながら玄関のドアを開けると、ドタドタと音がして、居間から妹の真樹《まき》と未歩《みほ》が同時に飛び出してきた。

二人とも普段はあまり見せない怒りの表情を浮かべている。私はわけがわからないまま、その勢いに思わず後ずさってしまった。

「ど、どうしたのよ、未歩？」

私は下の妹に問い掛けた。感情の赴くままの真樹に比べると、少しは冷静に事情を説明してもらえるかと思ったんだけど……。

「どうしたの……じゃないわよっ」

怒りに肩を振るわせ、未歩は顔を真っ赤にさせた。普段の大人しい姿からは想像もつかないくらいの取り乱し方だ。言葉がうまく出てこない、という感じの未歩を下がらせて、真樹が私を正面から睨《にら》み付けるように見つめた。

「お姉……さっきどこかで痴漢にあったでしょ？」

「えっ⁉」

ズバリと言われて、私は言葉に詰まってしまった。

そうか、だから二人とも……。

ようやく二人が怒っている理由を理解した私は、気まずさと恥ずかしさで思わず真樹から目を逸《そ》らした。考えてみれば、真樹はともかく未歩がこれほど怒る理由など他にはない。

「た、確かに痴漢にはあったけど……その……」

「着替えてる途中であんなになっちゃって……とっても恥ずかしかったんだからっ！」

「ち、ちょっと落ち着いてよ、未歩」

興奮してまくしたてる未歩を落ち着かせようとすると、真樹が同調したように、そうだそうだと大声で相槌《あいづち》を打つ。

「あたしだってシャワーを浴びようとしたら、急に……ああなってさぁ。……随分と長かったから、痴漢に触られて抵抗もしなかったんでしょ？」

「そ、それは……」

「気持ち良かったの？　ふーん」

弁解しようとした私を、真樹はここぞとばかりに責めてくる。その真樹の態度には、さすがに私もカチンときた。

「そうよ、痴漢されたわよ！　でも、されたくてされたわけじゃないんだからねっ！」

「お、お姉、そんなカッカしないで……」

「カッカもするわよ、そんな言い方されたらっ！」

怒りを爆発させた私の様子があまりにもすごかったのか、すっかり怖じ気づいた真樹は素直に頭を下げてきた。

「あの、その……ごめん」

「私の方がずっと恥ずかしかったのよ。下着が見えても身動きできないし……」

私の言葉を聞くと、未歩も今までの憤慨した様子とは一転して少し憂いた表情になった。

「ご、ごめんなさい。別に遼子《りょうこ》お姉ちゃんが悪いわけじゃなかったのに」

「そうだよね……あたし達の体質が原因なんだから」

真樹は気まずくなった場を取り繕うように、あははと笑った。

確かに根本の原因は、私達の特殊な体質……あるいは能力にある。

肉体的に強い刺激を受けると、互いの意識を感じ合うことができるという特殊な能力に。

第一章　三姉妹

■遼子

目を開けると、カーテンの隙間《すきま》からこぼれる朝の日差しが、光の筋となって私の顔を照らしていた。少しぼんやりした頭を抱えながら、ゆっくりと上体を起こす。

「ん……」

夢と現《うつつ》の間をしばらく彷徨《さまよ》った後、私は思いきるようにしてベッドから降りた。薄暗い部屋を歩いて窓辺まで行くと、一気にカーテンを開いて部屋を朝の光で満たす。

窓の外には、蒼穹《そうきゅう》の空がどこまでも広がっていた。

私の名は駿河《するが》遼子。

三年前に事故で亡くなった両親が残してくれたこの家で、妹二人と暮らしている。

当時、あまりにも突然の出来事に一時は放心状態になってしまったけど、私以上にショックを受けていた妹達を守るため、それ以降は必死で親代わりを務めてきた。

その甲斐《かい》あってか、今では妹達の支えもあり三人仲良く日々を過ごしている。

……さて、今日もその妹達のために朝食を準備しなければね。

私はパジャマ姿のまま部屋を出て階下までやって来たが、相変わらず朝一番の台所や居間には誰の姿もなかった。どうやら、まだ二人とも寝ているらしい。

まあ、この時間じゃ無理もないか。

私は一人で苦笑しながら、冷蔵庫を開けて中を覗《のぞ》き込んだ。

今日は何にしようかな……などと考えながら中の食材を確認していると、

「おはよう、お姉ちゃん」

背後にはいつの間にか未歩が立っていた。

「あら、おはよう、未歩」

「真樹お姉ちゃんは？」

「真樹なら……」

私は冗談めかして指を天井に向けた。

そう……真樹がこんな時間に起きてくるはずはない。現在大学に通っている真樹は、自分の寝起きの悪さを自覚してか、朝の講義をほとんど選択していないらしい。

「たぶん、まだ夢の中よ」

「……みたいだね」

私の仕草を見て、未歩はクスクスと笑った。

私達姉妹の末っ子である未歩は、万事控えめで気の弱いところもあるけど誰にでも優しく思いやりのある娘だ。

両親が亡くなった時、私は甘えん坊だったこの娘の面倒《めんどう》を見きれるかどうか正直不安だった。末っ子ということもあって両親は未歩を一番大事にしていたし……。

でも、未歩はその辛《つら》さや悲しみを表に出したりはしなかった。今にして思えば、私達に迷惑をかけないようにとの未歩なりの気遣いであったのかもしれない。

「さあ、顔を洗ってらっしゃい。真樹は放っておいて朝食にしましょう」

「はい」

未歩は明るく返事をすると、持ち前の素直さで洗面所へと向かった。

「いただきまーす」

私と未歩は同時に両手を合わせて一礼した。

食べ物には感謝するように、と小さい頃から両親にしつけられた食事の際の駿河家の決まりごとである。今ではこの習慣も、両親が残した形見の一つとなってしまった。

「……ねえ、未歩」

私は何気なく食事をしている未歩に話し掛けた。

「学校の方はどう？　上手く行ってる？」

「え、学校？」

突然の質問に、未歩は首を傾げて不思議そうに私を見つめる。唐突すぎたかな、と思いながらも急に打ち消すこともできず、私は言葉を続けた。

「悩み事とか……ない？」

一緒に暮らしているとはいえ、たまにはコミニュケーションを……という軽い気持ちだったのに、意外にも未歩は真剣な面持ちで考え込んでしまった。

「……うん、調子いいよ」

しばし沈黙の後、未歩は少し影を落としたように小さく答えた。

「もしかして、何か悩み事とかあるんじゃない？」

「えっ⁉」

突っ込んで訊《き》いてみると、未歩は予想以上に過敏な反応をみせた。

……本当に嘘《うそ》のつけない娘ねぇ。

もっとも、それはそれで微笑《ほほえ》ましく、未歩の良いところではあるんだけど。

「お姉ちゃんで良かったら聞いてあげるわよ」

「な、なんでもないよ」

「みーほー、隠したってダメよ。お姉ちゃん、ちゃんとわかるんだから」

「そ、そんなこと……」

「じゃ、お姉ちゃんが当ててあげようか？　未歩の悩みを」

「え？」

私の突然の提案に、未歩はますます困惑の表情を浮かべた。落ち着きがなく、微《かす》かに頬《ほお》を染めた様子に私はピンときて、ある程度の確信を持って言った。

「わかった。未歩……今、好きな人がいるんでしょう？」

「……っ⁉」

図星だったらしく、未歩は大きく目を見開いたまま固まってしまった。ここまで素直なリアクションをされると、こっちの方が戸惑ってしまいそうだ。

「ねえねえ、どんな子なの？　やっぱり同じクラスなの？」

少し意地の悪い気持ちが沸いてきて、絶句状態のままの未歩に、私は矢継ぎ早に質問を浴びせ掛けた。

私の言葉でようやく我に返ったのか、未歩は顔を真っ赤にして立ち上がると、

「ちちち違うってばっ！　お姉ちゃん何をっ……」

力いっぱい否定するようにドンと机《つくえ》を叩《たた》いた。

と、その拍子にお味噌汁《みそしる》の入っていた未歩のお椀《わん》が円を描くように大きく傾いた。

「あっ⁉」

私達は同時に声を上げたが、お椀は見事にひっくり返り、こぼれたお味噌汁が瞬く間に未歩のパジャマを浸食していく。

その猛威に、私と未歩は同時に絶叫した。

■真樹

「あっちゃー‼」

突如、あたしの下半身は猛烈な熱さに襲われた。

何事かと慌てて毛布を払い退け、ベッドの上で身体を起こすと、そこはいつものあたしの部屋であった。見慣れた天井、見慣れた棚、見慣れたポスターにカレンダー。

別にどことといって変わっている様子はない。

じゃあ……今のは、夢……だったんだろうか？

でも、確かに太股《ふともも》の辺りが熱かった覚えがある。試しにそっと軽くさすってみると、ヒリヒリとした感触が残っていた。

ベッドの中には、太股を熱くするようなものがあるはずもないし……。

……ということはっ⁉

その原因になりそうなことを思い出し、あたしは沸々と込み上げてくる怒りに突き動かされてベッドから飛び降りると、蹴《け》り飛ばすようにドアを開けて部屋の外に飛び出した。

くっそ～‼

至福のまどろみを、こんな形で邪魔をされたのでは堪《たま》ったものじゃないわよっ。

あたしは居間に駆け込むと同時に、

「コラー!!」

と、怒鳴り声を上げた。

そこには慌てふためくお姉と、下だけパジャマを脱いだ未歩の姿があった。何が起こったのかは、一見して容易に想像がついたけどね。

「ちょっとー!　これは一体どういう了見よっ」

「あ、お、お姉ちゃん?」

「ちょっと落ち着きなさいよ、真樹」

おどおどとあたしを見つめる未歩とは対照的に、お姉は静かな声でことのあらましを説明した。やはり思った通り、未歩が味噌汁をこぼしてしまったらしい。

だが詳しく訊くと、どうやら原因はお姉にあったようだ。

「つまり、お姉がつまらないことを未歩に訊いたためにこうなった……と?」

「つまらないことじゃないわよ……ねえ?」

「し、知らないっ」

お姉は媚《こ》びたように未歩に同意を求めたが、あえなくそっぽを向かれてしまった。

「お姉～っ」

「これは事故よ、事故。私だって熱かったんだから……」

あたしが詰め寄ると、お姉は気まずそうに笑みを浮かべた。

確かに、あたし達姉妹は互いの意思を疎通することができる……いや、正確には「できる」のではなく「される」のだ。

誰かが身体に強い刺激を受けると、本人の意識とは関係なく他の姉妹に自然とその感覚が伝達されてしまう。

専門家の話によると、それは稀《まれ》に双子などの間で起きる、互いに同じことを感じたり考えたりするという現象に酷似しているらしい。

あたし達の場合は、その現象が高度に発展した形である……とのことであった。

実際に双子が互いに意思疎通するケースは、二卵性双生児よりも、むしろ一つの卵子から生まれる一卵性双生児の方が圧倒的に多いと言われている。

卵子は無論、生まれた時期すら全く異なるあたし達姉妹の場合は、偶発的な「突然変異」である……というのが専門家の無責任な結論であった。

突然変異では、もちろん治す方法などない。

あたし達は厄介《やっかい》な体質というか……能力を、ありのままに受け止めるしか方法がなかった。だからこそ、こういう事態が起こらないように、できるだけ気を付けなければならないというのに……。

「あ、そうだっ」

お姉は話題を変えようとしてか、何事かを思い出したようにポンと手を打った。もちろん、そんな手に引っ掛かるあたしではない。無視して更に詰め寄ろうとしたのだが……。

「お姉ちゃん、今日は会社で歓迎会があって遅くなるから、夕飯は未歩が作ってね。もし遅れるようなら、出前とかコンビニのお弁当で済ませなさい」

「え？」

突然そう言われて、あたしと未歩は同時に声を上げた。

まあ……未歩はちゃんと料理が作れるから夕食は大丈夫だろう。けど、問題はお姉が最初っからあたしを無視して、何で未歩を指名するのかってことだ。

「あの、あたしもいるんだけど？」

じゃあカレーでも作ろうかな、なんて会話を交わしている二人の間に強引に割り込んでいくと、真顔になったお姉が不意にあたしの方を振り返った。

「真樹。あなたは間違っても料理を作ろうなんて思っちゃダメよ。ううん、正確には包丁を手にしようと思わないでね」

真面目《まじめ》な顔で言われると、なんだか急に腹が立ってきた。確かに料理は苦手だけど、なんでここまで言われなきゃならないのよっ。

「それってどういうことさ⁉　なんであたしが料理しちゃいけないのよ！」

「あなたが中学生だった時、家庭科の評価いくつだった？」

「確か、1だったような……」

当時の成績を思い出し、あたしは少しバツの悪い気分に陥ってしまった。

「それだけ不器用なんだから、包丁を持ったらどんなことになるか……わかるでしょ？」

「うっ……」

面と向かって言われると、ぐうの音も出ない。

確かにあたしが包丁で指でも切ろうものなら、その痛みがお姉や未歩に伝わって……。

……って、あれ？　いつの間にか立場が逆転してるけど、そもそもの問題はお姉が。

「あっ、もうこんな時間じゃない。会社に行かなくちゃ！」

あたしが我に返ると同時に、お姉は時計を見て慌てたように叫び出した。

「ちょっと待てっ、誤魔化すな、お姉っ！」

「じゃ、そういうことだから」

お姉は急いで居間から飛び出して行く。逃げられた悔しさと、なんだか行き場のない怒りに駆られ、あたしはその場で地団駄を踏み続けた。

「真樹お姉ちゃん……」

そんなあたしを、未歩が苦笑して見つめていた。


「じゃあ、私こっちの道だから」

街路樹が立ち並ぶ通りを抜けて交差点に差し掛かると、未歩は右方向を指さしてそう告げた。あたしとお姉が向かう最寄りの駅はこのまま真っ直ぐだから、高校へ行く未歩とはここで別れることになる。

「気を付けて行きなさいね」

「うん」

お姉が声を掛けると、未歩は明るく返事をして交差点を渡って行った。

「元気だねぇ、未歩は」

「私達の中で朝から元気じゃないのは、真樹ぐらいなものよ」

素直な感想を言っただけなのに、お姉は冷たく突き放してくる。

実はあの「味噌汁事件」がなければ、今日は一限目からある講義を忘れて寝続けてしまうところだったのだ。そのことをお姉に知られると、それまでの立場はあっさりと逆転してしまった。

「ほら、行くわよ真樹」

目の前の信号が変わり、さっさと先に歩いていくお姉の後を追って交差点を渡ると目的の駅が見えてくる。……しかし、相変わらずこの時間帯はすごい人だねえ。

駅へと集まってくる人の数が尋常ではない。これらすべての人が、本当に数両しかない電車に収まるのかと不思議になるほどだ。

「さあ、行くわよ」

この状況になれているお姉は、すでに闘う人の顔になっている。さすがに経験を重ねているだけあって、この人混みを掻《か》き分けて前進する術《すべ》を心得ているようだ。

先に行くわよ……と、言い残して人混みの中へと消えていった。

……ではあたしも行きますか。

お姉のように気合いを入れると、まるで水の中に潜るような覚悟で改札を抜け、雑踏の中をホームへと移動した。

あたしの向かう電車のホームは、そこだけ別世界のように人が少ない。街へ向かう路線とは逆に、郊外にある大学への電車は朝といえども比較的空いているのだ。

反対側はホームから人がこぼれ落ちそうほど混雑しているのに……。

日本の都市って、どこか間違ってるよね。

……などと珍しく社会学的なことを考えていたあたしは、ホームの端に見知った男の顔を見付けた。

　あれは……。

「お～い！　一平《いっぺい》ちゃ～ん」

　あたしが声を上げて呼ぶと、男はこちらに気付き、軽く手を上げて近寄ってきた。

「よお、真樹」

　やはり一平ちゃんだ。一平ちゃん……武林《たけばやし》一平は高校時代からのあたしの友達で、一部では「スケベ大王」なんて異名を持つ男である。

「オッス、一平ちゃん。こんなに早くどこ行くのさ？」

「おいおい、確か僕と君は同じ大学の同じ学部じゃなかったか？」

「あ、そうだっけ？」

「このトリ頭は……」

　わざとトボケて見せただけなのに、一平ちゃんは呆《あき》れるような表情を浮かべて身も蓋《ふた》もない突っ込みを入れてきた。

「そのトリ頭じゃ、今日のレポートもちゃんとまとめているかどうか」

「は？　レポート？」

　なんのこっちゃ…とあたしが首を捻ると、一平ちゃんは大きく溜息《ためいき》をついた。

「お前なー、先週の文学概論でレポートまとめるように言われただろうが」

「うっ……」

……思い出した。

確か文学概論はテストがない代わりに、レポート提出が義務づけられていたのだ。だからこそ、あたしと一平ちゃんはその授業を選択した覚えがある。

その提出が今日だったのか……こりゃマズイわよっ。

「もしかして、一平ちゃんはレポート書いちゃったりしてる？」

「まあ、一応はな」

あたしが訊くと、一平ちゃんは空を見上げながらしれっと答えた。

まあ、人をトリ頭呼ばわりするぐらいだから、ちゃんとやってきているのだろう。悔しいことに、一平ちゃんはあたしより遙かに頭が良かったりするのだ。

スケベのくせにムカツク奴だが、今回だけは渡りに船だ。あたしは精一杯の笑みを浮かべると、一平ちゃんに向かって滅多に出さない猫なで声を発した。

「ねえ～ん、一平ちゃ～ん。ちょこっとレポート写させて～ん」

「やなこった。自分のミスは自分で償え」

あたしが身をくねらせながら頼んでいるというのに、一平ちゃんは小難しい顔をしたまま、一言ではねつけた。

だが、ここで怯《ひる》んではいられない。レポート一つで単位を落としてたまるものかっ。

「そんな～、ねえ、お願いだから」

「あのな……レポート丸写しなんて絶対バレるにきまっててんじゃねーかよ」

「大丈夫だよ。きっと、同じ考えの奴が二人いる……ぐらいにしか思わないって」

「一言一句すべて同じだって思うのか？」

一平ちゃんは痛いところをついてくるが、それでも何も出さないよりは多少はましのような気がする。それに教授がすべてのレポートを記憶しているとは思えないし……。

そう説明して、あたしは再び深く頭を下げた。

「頼むって。お願い！　この通り‼」

「う～ん」

あたしの懇願に折れたのか、一平ちゃんは少し考え込むように腕を組んだ。承諾してくれるかどうか、ハラハラしながら経緯を見守っていたが、やがて一平ちゃんは、

「よし、こうしよう」

と、ポンと手を叩いた。

「俺のレポートを見せてやるから、その代わりに乳揉《も》ませろ」

「……は？」

あまりにも唐突だったので、最初は一平ちゃんの言葉が何を意味するのか瞬時には理解できなかった。目を点にして固まるあたし。

「だから、乳を揉ませればレポートを見せてやる」

「あ、あのねえっ、なんでそうなるのよっ！」

「なんでって……ほら、人間の文化的な活動はすべて性的衝動から成り立つって、あのフロイトも言ってるわけだし」

「そんなんが理由になるかーっ！」

　こんな時だけもっともらしいことを言う一平ちゃんに、あたしは全力で突っ込んだ。

　よりによって、なんつー条件を提示してくるんだ、こいつはっ。

「でも、乳を揉ませるだけでレポートが手に入るんだぜ？　結構な条件じゃねえかよ」

「うっ」

　あたしは自分の胸に視線を落として、しばし考え込んでしまった。確かにレポートは写させて欲しいけど、こんなスケベ丸出しの条件を呑《の》むのは……。

「あ、あのさ、他の条件じゃ……ダメ？」

「ダメ」

　一平ちゃんは天使のような微笑であたしの提案をはねつけた。

　このスケベ大王は、どうあってもあたしの胸を揉みたいらしい。両手をにぎにぎさせて準備しながら返事を待っている。

　う～ん、悔しいけど仕方ないっ。この際、背に腹は代えられないのだ。

「わかったわよ……ほ、ほんのちょっとだかんね」

「おっしゃあああーっ！」

あたしが顔を伏せたまま承諾の言葉を口にすると、一平ちゃんは何かの試合に勝ったようなガッツポーズをして、この上ない喜びを全身で表現した。

どこまでも恥ずかしい奴である。

なんだか取り返しのつかないことをしてしまったようで、あたしは少し後悔の念に捉われていた。

「では、さっそく……」

しばらく歓喜を噛《か》み締めた後、一平ちゃんは落ちつくように軽く咳払《せきばら》いして、これ見よがしにあたしの胸を凝視してきた。

「こ、こんなとこじゃ、ヤダよ」

いくらなんでも、人前でスケベ行為を行われたらたまったものではない。あたしはホームの柱の影に隠れて、そこで甘んじて屈辱に耐えることにした。

「ほ、ほんのちょっとだかんね！」

改めてあたしが念を押すと、一平ちゃんはコクリと頷《うなず》く。

拭《ぬぐ》いきれない不安はあったが、これもレポートのためだとあたしは覚悟を決めて目を瞑《つぶ》った。

■未歩

「おーい、未歩ーっ！」

通学路の途中にある交差点でお姉ちゃん達と別れ、一人で学校への道を歩いていると、背後から元気の良い声が追い掛けてきた。

振り返ると、私と同じ制服を着た女の子が大きく手を振って駆け寄ってくる。

「あ、螢《けい》ちゃん」

「おっはよ、未歩」

この娘は中学校の時からのお友達で、里中《さとなか》螢ちゃん。明朗活発で積極的。内気な私とは何もかも正反対の元気な女の子なんだけど、何故か気が合って、同じ高校に入ってからもずっと付き合いが続いている。

「あ～あ、こんな天気のいい日はどこかで日向《ひなた》ぼっことかしたいよね」

「うん、そうだね」

螢ちゃんの言葉に、私は大きく頷いた。

季節は春から初夏に移りかけている。お花の季節は終わっちゃったけど、新緑に包まれる樹々を、暖かさを含んだ優しい風がなびかせていく。

本当に気持ちの良い日だ。

だけど、悲しいかな私達は、どんな日でも学校がある限りはそちらが優先されてしまうのだ。その日の気分でスケジュールを変えられるのは、大学生の真樹お姉ちゃんぐらいなものだろう。

もっとも、こんなことを言うと真面目な大学生の人に怒られてしまうかもしれないけど。

「あっ……」

校門まで来ると、並んで歩いていた螢ちゃんが小さく声を上げて立ち止まった。

「どうしたの、螢ちゃん？」

「…………………」

螢ちゃんは、ぼんやりと前方を見たまま固まっている。不思議に思った私は、そっと螢ちゃんの視線の先を追ってみた。

そこには一人の男子生徒の姿。

「……あの人がどうかしたの？」

「未歩はあの人のことを知らないの？」

何気なく訊いてみると、螢ちゃんは驚いたように眉《まゆ》を吊《つ》り上げて私を振り返った。

でも、あんな人は知らないし……。

正直にそう答えると、螢ちゃんは、はあ〜っ……と溜息をついた。

「あの人は、あたし達より一学年上の橋場《はしば》先輩じゃないの！」

「え？　橋……場？」

「橋場先輩は、成績優秀、スポーツ万能、品行方正と三拍子揃《そろ》った、正に『暁学園の奇跡』なのよ！」

「そ、そうなの……？」

私は橋場先輩のすごさに感心して……ではなく、螢ちゃんの勢いにつられて頷いた。

でも、そんなにすごい人だったなんて。

もう一度、その橋場先輩とやらに目を向けてみたけど、先輩は既に校舎の中に入っていった後だった。残念……。

仕方なく私も校舎に入ろうと歩き掛けたけど、螢ちゃんは先輩が姿を消したあたりをジッと見つめたままだ。

あ、もしかして螢ちゃん……。

「ねえ、螢ちゃん。あの先輩のことが好き……なの？」

「うん、そうよ」

躊躇《とまど》いつつも訊いてみると、螢ちゃんは胸を張ったままあっさりと答えた。

「まあ、好き……って言うよりは、憧れてるってカンジかな？　でも行く末は、学校一のカップルになる予定だけど」

「そ、そう……」

ここまで堂々と言われると、なんだか拍子抜けしてしまう。けど、こんなにはっきりと自分の気持ちを言葉にできる螢ちゃんが、なんだかとても羨ましかった。

「だから、たとえ未歩とナッシーがラブラブになったとしても、あたしと先輩の愛にはかなわないわね」

「な、梨本《なしもと》くんは……」

「あれ、そうなんでしょう？　橋場先輩に気付かないほどの一筋だもんね」

「あ、そ、それは……そんじゃなくて……」

「あはは！　冗談だってば」

「も、もう～っ！」

困惑気味の私を見て、螢ちゃんは面白そうに笑った。私の梨本くんに対する気持ちを知っている螢ちゃんは、何かというとそれをダシにしてからかってくるのだ。

ちなみにナッシーというのは螢ちゃんがつけたあだ名で、本当は梨本祐輔《ゆうすけ》くん。いつの間にか、クラスのほとんどの人がナッシーと呼ぶようになっちゃったけど……。

「……ありゃ、ナッシーじゃん？」

不意に螢ちゃんが、私の背後を見ながら大きく手を振る。

まだ梨本くんの名前を使って私をからかうつもりなんだっ……と、思っていたんだけど。

「やあ、おはよう」

と、言う声が聞こえてきて、私はそっと背後を振り返った。

そこには間違いなく当の本人が、私達に向かって手を振っている。

「あ、お、おはよう……梨本くん」

私は突然のことにドギマギしながら挨拶《あいさつ》する。その私の様子を見て、螢ちゃんがニヤニヤと人の悪そうな笑みを浮かべていた。

「おはよう、駿河さん。それと……えっと」

「里中螢っ。いい加減に名前を覚えてくれないかな」

螢ちゃんが呆れたように言う。

去年も同じクラスだった私はともかく、今年からクラスメイトになった螢ちゃんの名前はまだおぼろげだったみたい。いかにものんびり屋さんの梨本くんらしい対応だ。

「ああ……ゴメン。おはよう、里中さん」

「もう、しっかりしなさいよね！　ナッシー！」

螢ちゃんはそう言ってどやしつけたが、梨本くんはにこにこと人の良い笑顔を浮かべたままだ。そんな二人のやりとりに、私はつい笑ってしまいそうになった。

が、その時……。

ムニッ！

「キャーッ!?」

誰かに胸を掴《つか》まれる感触に襲われ、私は両腕で胸を覆いながら悲鳴を上げてしまった。

「な、何⁉」

「どうしたの⁉」

唐突な私の叫び声を聞き、螢ちゃんと梨本くんが慌てて駆け寄ってくる。

だけど、私自身、何が起きたのかわからないのだ。全く予期せぬ出来事に、私は息を切らせて硬直してしまった。一体、なんだったんだろう……今の感触は？

触れられたのは一瞬だけで、その後は何も感じない。

……もしかして、またお姉ちゃんが痴漢にでもあったのかな？

「ちょっと、どうしたの？　未歩」

「大丈夫？　駿河さん」

「えっ⁉」

うつむいた顔を上げると、そこには螢ちゃん達が心配そうに私を見つめている。

梨本くんの顔を見た瞬間、思わず私はカッと顔が赤くなるのを自覚していた。なんだか、今の私を梨本くんに見られるのがたまらなく恥ずかしかった。

「あ……な、なんでもないよ」

私は慌ててそう言ったが、二人は不審そうな表情を浮かべている。

「なんでもないって……」

「駿河さん……顔が赤いよ」

「あ、あの、ちょ、ちょっと……ね」

私はしどろもどろになりながら、必死になって言いわけを考えていた。理由を説明できるはずもないし、話しても信用してもらえないだろう。

けど、そんな私を見ていた螢ちゃんが、何を思ったのかニンマリとした顔付きになった。

「……はは～ん、そういうことか」

「え？　里中さんは理由がわかるの？」

「まあね。でも、乙女の心は野暮《やぼ》な男には教えてあげられないのよ」

不思議そうに首を傾げる梨本くんの肩を、螢ちゃんはポンポンと叩いた。そして私に顔を近付けると、梨本くんに聞こえない程度の小声でそっと囁《ささや》いてくる。

「どうせナッシーのことでも考えて、ぼんやりとしてたでしょ？」

「え？　そ、そんなんじゃ……」

「隠さなくてもいいって。いや～、純愛だねえ、未歩ちゃん」

一体、どう勘違いしたらそうなるのか、螢ちゃんはからかうような口調で私と梨本くんを見比べた。もう～、そんなんじゃないのに～。

一人話に取り残された梨本くんが、怪訝《けげん》そうな表情を浮かべていた。

■遼子

「きゃあーっ⁉」

胸を鷲掴《わしづか》みにされたような衝撃に、私は思わず声を上げてしまった。

乗り合わせていた周りの乗客達が一斉に声を上げた私を見つめる。

な、なに……また痴漢なの？

周りから注目される気まずさに耐えながらそっと辺りを窺《うかが》ったが、近くに不審な人物は見あたらない。

おかしいな？　確かに、前からぎゅっと触られる感触がしたんだけど……。

しかし、私の目の前には背中を向けている男の人しかいないのだから、そんなことができるはずがない。

だとすると、後考えられるのは……。

私がある可能性に気付いた時、乗っていた電車が駅のホームに滑り込み、構内アナウンスが流れると同時にドアが開いた。

私は降車する人の波に流されながら、二人の妹の顔を思い浮かべた。

未歩ではないだろう。多分、真樹あたりが何かをしでかしたに違いない。その感覚が私にまで伝わってきたのだ。

もうっ、真～樹～っ！

いらぬ恥をかいてしまった私は、その原因を一方的に真樹に押しつけながら、人波に押されてホームへと吐き出されていた。


会社に到着した私は、着替えを済ませて配属されている総務課のオフィスへと入った。

「おはようございます」

オフィスに入ると同時に、美咲《みさき》さんの明るい声が私を迎えてくれた。

「おはよう、遼子」

周防《すおう》美咲さんは、私と同期入社で同じ課に配属された女性だ。明るくさっぱりとした性格で、課内でも評判の良い才媛である。

同期の気安さから、入社以来、私達は仲の良い関係が続いていた。会社内でのベストパートナーと言ってもいいほどだ。

「あ、そうだ、遼子。昨日の十時からのドラマ……ビデオに録ってないかな？」

「え……録ってないけど？」

「そっかぁ……。あ～あ、せっかくのヤマ場だったのに、見逃しちゃった」

美咲さんは残念そうに呟《つぶや》いた。

どこか良家のお嬢様らしいのだが、会社で見る限り、美咲さんは普通のＯＬと何ら変わるところがない。まあ、だからこそ気楽に付き合っていられるんだけどね。

私達がそのまま就業時間前のとりとめのないお喋《しゃべ》りをしていると、不意に同僚の織田《おだ》くんが話の中に割り込んで来た。

「駿河さんと周防さん。ちょっといいかな？」

「なに、織田くん？」

美咲さんが気安く答える。

「あのさあ、今日の飲み会のことなんだけど……」

「歓迎会のことですよね？」

私が問うと、織田くんは出席予定者の名前が書かれたメモを見つめたまま頷いた。

「うん、二人とも出席ってことでいいのかな？」

「私は出席するわよ」

「あ、はい」

美咲さんにつられるように頷いたが、このことは真樹や未歩にも言ってあるので問題ない。両親を亡くして以来、ずっと妹たちの面倒を見続けているのだ。たまには羽を伸ばしても構わないだろう。

「あ～よかった。やっぱ二人に来てもらわないと宴会が盛り上がらないからなあ」

「宴会？　歓迎会でしょう？」

ホッとした表情を浮かべる織田くんに、美咲さんが面白そうに突っ込みを入れる。

「あはは、そういやそういうタテマエだったね」

今回の飲み会は「新課長および新入社員歓迎会」という名目ではあるが、結局はみんなでおおっぴらにお酒を飲もうということなのだ。

私達の勤める日野商事株式会社は従業員百人足らずという規模の会社だ。

経営は堅実で安定期を迎えているためにリストラなどの解雇問題はなかったけど、やはり不況の波には逆らえず、今年の新入社員は数が少なくて、総務課に配属されたのはわずか二人であった。

それでも新入社員には変わりないのだ。ただ、歓迎すべき相手が新入社員だけではなく課長が含まれていることに、私は微かな抵抗を感じていた。

「あ、遼子」

不意に美咲さんが肘《ひじ》で私をつついてくる。

顔を上げると、その課長である夏目《なつめ》和博《かずひろ》がオフィスに現れたところであった。

「やあ、おはよう諸君」

「おはようございます」

私達は一斉に挨拶を返す。

夏目課長は、今までいた営業課では次期部長の候補にも挙がっていた程のやり手らしいけど、この春から何故か総務課の課長となった。

課員達は上層部ともめたからとか、派閥争いに巻き込まれたからだ、などと密かに言い合ってたけど真偽は定かではない。

私はその手の噂《うわさ》に興味はなかったけど、はっきり言ってこの課長は苦手だった。

彼の何もかも見透かしたような鋭い視線。その目で見られるたびに、何故か私は言い表しようのない戦慄《せんりつ》を感じていた。

「ん？　どうかした？」

私の中に宿る不安に気付いたのか、美咲さんが顔を覗き込んでくる。

「あ、いえ、なんでもないわ」

そんな気遣いをする美咲さんに、私は軽く手を振って平気な素振りを見せた。

……そうよ、何かあるはずないじゃない。

「じゃ、そういうことで頼むよ。お二人さん」

織田くんはそっと私達に囁くと、次の人に確認を取るために離れて行った。その後ろ姿を見送りながら、私達は自分の席に着いた。

そろそろ仕事が始まる時間だ……。

第二章　事件の前兆

■真樹

「いちちち……まだ、顎《あご》がガクガクするぜ」

「だから、悪かったたって言ってるじゃない」

昼休み……。

午前の授業を終えたあたしと一平ちゃんは、昼食をとるために学生食堂まで来ていた。

だが、一平ちゃんは昼食を前にしたまま、当てつけがましくずっと顎を撫《な》で続けている。

……っとに、いつまでもしつこい奴。

レポートと引き替えに胸を触られた際、思わず虫酸が走って、ちょっと顔面に右ストレートをぶち込んでしまっただけなのに。

まあ、自分で触らせておいて、いざとなったら鉄拳《てっけん》制裁するあたしもあたしだが……。

「ううっ、割に合わない条件を出してしまったぜ」

「つーかさ、顎が痛くて食べられないんなら、その定食はあたしが代わりに……」

「ああ、腹減った」

急に素に戻った一平ちゃんは、あたしの言葉が終わらないうちに勢い良く食べ始めた。

この男は……。

「ところでさ、真樹」

「ん？」

一気に定食を平らげた後、一平ちゃんはお茶をすすりながら顔を寄せてきた。

「おまえ、これからどうするんだ？　午後からは授業ないだろ？」

「ん～、授業はないけど部活はあるじゃん」

あたし達は高校時代からテニスをしていたために、大学に入学してすぐにテニス部に入ったのだ。一平ちゃんの場合は入部してすぐに半幽霊部員になってしまっているけどね。

「え～、テニス～？」

一平ちゃんは露骨に嫌そうな顔をした。根が不精者の一平ちゃんは、高校のように強制されないと、とても自主的に運動するタイプではない。

「それよりも街にでも行って遊ぼうぜ」

街というのは、お姉が勤める会社のある駅付近の歓楽街のことだ。

……う～ん、それもいいかもしんない。ここしばらくはご無沙汰《ぶさた》してるし。

「行ってもいいけど……」

「よっしゃ！　さすがは真樹！」

ふと街に魅力を感じたあたしが頷《うなず》くと、一平ちゃんは膝《ひざ》を打って喜んだ。

「もちろん、街までの電車賃は一平ちゃん持ちだよね？」

「……は？　何を言っとるんだチミは？」

あたしの言葉に、一平ちゃんは眉根《まゆね》を寄せてとぼけた顔になる。

「誘ったのは一平ちゃんなんだから、当然交通費は一平ちゃん持ちでしょ？」

「だからって、なんで俺がお前の分まで……」

「だったらあたし部活に出るわ。テニスはお金かかんないしね」

「……このケチ女め」

「ケチはどっちよ」

そう言うと、一平ちゃんは何も反論できずに顔をしかめた。どうやら、この口論はあたしの圧勝のようである。


「……あのさあ、街に来たのはいいけど何すんの？」

「う～ん、そうだな」

無事に電車賃を獲得して街に来たのはいいけれど、あたし達は繁華街をぶらつきながらこれからの行動が決まらず途方に暮れていた。

どちらも慢性の金欠病なので、金のかかりそうなことは基本的にパス。だとすると、行くべき場所は自然と限られてくる。

「で……結局ここか」

たどり着いたのはゲームセンター。せっかく街まで来てゲーセンというのもなんだが、一番無難に楽しめて、それほど金もかからないのはここしかない。

「うわ～相変わらずうっさいね、ここは」

中に入ると、各種筐体《きょうたい》から流れ出ている機械音がこれでもかというくらいに店内に鳴り響いていた。そのほとんどが今なおブームが続いている音感ゲームの類《たぐい》である。

まあ、あたしもハマってるからいいんだけどね。

「あ、一平ちゃん！　あれあれ！　あたしあれやりたい」

あたしはこの店内でもひときわ目立つ巨大な筐体を指差した。それは今、大人気のダンスマシーン「踊る大レボリューション」だ。このゲームにはかなり興味があったんだけど、いつも行列必至だったから実際にやったことはなかったのだ。

今日は運のいいことに、目の前にある筐体には誰の姿もない。

だが……。

「やだ。なんか疲れそう」

大の不精者である一平ちゃんは、露骨に嫌そうな顔をした。

「現代のゲーセンで、この手のゲームをやらずに何をやるって言うのよっ！　ホラ」

「……へいへい、わかったよ」

強引に引っ張ると、一平ちゃんは渋々ながらも頷いて着いてきた。

そして、死闘すること約一時間半……。

「はぁ……さすがにここまでやると精根も尽き果てるね」

「バ、バーカ、そりゃ俺のセリフだ……」

最初のスコアが一平ちゃんの勝ちであったことから、あたしは意地になって何度も踊り続けたのだ。結局、あたし達は計十回以上も踊りまくって、息もそぞろにゲームセンターを後にした。

……それにしても、かなりハードな運動量だった。

これなら、のんびりと部活で汗をかいた方がマシだったかもしれない。

「さて……帰る？　お腹も空いてきたし……」

「そうだな……」

そう言い掛けた一平ちゃんは、不意に何かを思い付いたように足を止めると、

「真樹！」

突然、正面から見つめて来た。滅多に見せない真剣な表情に、あたしは反射的に身体を強張らせたのだが……。

「頼む真樹！　俺にメシをご馳走《ちそう》してくれ！」

「……へっ⁉」

何を真剣な顔をしているのかと思いきや……。

「いやさー、いつもコンビニ弁当ばかりだと、たまには家庭の手料理とかが無性に食べたくなる時があるんだよなぁ」

あははと笑いながら、一平ちゃんは頭を掻《か》いた。

一平ちゃんが高校を卒業してから、家の都合で一人暮らしをしているという話は聞いていた。まあ、この男が自炊なんかするはずもないだろうしね。

「真樹〜、頼むよ！」

一平ちゃんは、両手を合わせて執拗《しつよう》に迫ってくる。

それほど飢えているのか……う〜ん。

今日、お姉は帰るのが遅くなるらしいけど、確か未歩がカレーを作るって言ってたよな？　カレーなら一人ぐらい増えても大丈夫かな……。

「そんじゃ、ウチ来る？」

不憫《ふびん》に思ったあたしが、素早く我が家の献立を思い出してポツリと呟《つぶや》いた途端、一平ちゃんはパッと顔を輝かせた。

「ほ、本当かっ！　本当なんだなっ」

一平ちゃんはいきなりあたしの肩を掴《つか》みかかってくると、興奮したように問うてくる。

あまりの勢いに、あたしは少し怯《ひる》みながら頷いた。

……って、夕食をごちそうになるだけで、ここまで興奮するかぁ？

「おじゃましま〜す」

「……ハイハイ」

一平ちゃんを連れて家に帰ってくると、玄関には未歩の靴があることに気付いた。どうやら、もう帰ってきてるみたいだ。

「あ、一平ちゃん。先に部屋に行ってて。場所は前と変わってないから」

「あん？　お前は何処《どこ》行くんだ」

「夕食にもう一人食いぶちが増えたって伝えに行くの」

「あっそう」

一平ちゃんは澄ました顔で頷くと、階段に足をかけた。あたしはふと思い立って、その後ろ姿を慌てて呼び止める。

「……勝手にタンスとか開けたら怒るかんね」

「お、俺がそんなことするかよっ！」

やる気満々だったのは、そのわかりやすいリアクションから明らかだ。あたしが無言のままジロリと睨《にら》むと、一平ちゃんは気まずそうに階段を昇っていく。

……ったく、油断も隙《すき》もあったもんじゃない。

あたしは台所まで行って、すでに夕食の準備をしていた未歩に事情を話して了承を得た。何年も前から面識のある一平ちゃんの頼みを断るような娘ではないけどね。

それでも、未歩に承諾を得てホッとしたあたしは、そのことを伝えるために部屋に戻ったのだが、こともあろうに一平ちゃんはベッドの上で大の字になっている。

「こら、仮にも女の子のベッドに寝転がるんじゃないっ」

「別にいいじゃん。ちゃんと大人しく待っていただろ？」

「良くないってばさ！」

あたしが拳《こぶし》を握りしめると、一平ちゃんは慌てて身体を起こした。今朝の鉄拳制裁が未だに応《こた》えているらしい。ホント、世話の焼ける男だ。

「しかし、お前の部屋……変わんないよな」

一平ちゃんはぐるりと周りを見回すと、感慨深そうに呟いた。

……そう言えば。

「一平ちゃんがこの部屋に来るのは……あの時以来なんだね」

「ああ……」

あたしがそっと隣に座りながら言うと、一平ちゃんは小さく頷いた。

三年前、あたし達はこの部屋で一度だけ関係を持ったことがあった。

まあ、若気の至り……という感じが強かったんだけど、それ以来、なんとなく二人の関係がギクシャクして、次第に疎遠になっていったのだ。

折り悪く両親が事故で亡くなるという大事件も重なったから、余計だったんだけどね。

大学で再会してからも、なんとなく普通の恋人同士になるのが気恥ずかしいような気がして、いつの間にか悪友のような関係が続いている。

自分で言うのもなんだけど、この方があたし達にはお似合いだった。

でも……また二人で、ここに並んで座る時が来るなんて思わなかった。

あたしはなんとなく当時の思い出に浸っていた。

もう戻れないわけではない。でも……。

「……なあ、真樹」

緩やかな沈黙を破るように、ふと一平ちゃんが口を開いた。

「な、なに？」

不意に胸が高鳴った。特別に意識していたつもりはなかったけど、急に一平ちゃんの吐息を頬《ほお》に感じて、あたしは思わずうわずった声を上げた。

「俺……ちょっと思ったんだけど」

「う、うん」

「あのさ……今日ってカレーかなぁ？」

一平ちゃんは、そう言ってバタリとベッドの上に倒れ込んだ。その姿はロマンもクソもなく、ただ腹を空かした餓鬼のものであった。

「…………………」

「いやー、やけにカレーの匂《にお》いがするからさぁ」

「……っ！　こんのアホー!!」

ベッドの上に寝ころんだ一平ちゃんのみぞおちをめがけ、あたしは雪崩式エルボーをぶちかました。鈍い音がすると同時に、一平ちゃんは言葉なくのた打ちまわる。

「……フンッ！」

これじゃあ、ちょっとでも意識したあたしがバカみたいじゃないのっ！

「……真……樹………き、貴様………」

胸を押さえて必死に声を絞り出しながら、一平ちゃんは泣き顔とも怒り顔ともつかない表情になっている。

部屋の外から、食事ができたことを告げる未歩の声が聞こえてきた。

あたしは大声で返事を返すと、一平ちゃんを振り返る。

「ホラ、あんたの好きなカレーが待ってるよ」

「……いつか殺す………絶対殺す………」

恨みがましく聞こえる一平ちゃんの声を無視し、あたしは部屋を後にした。

■未歩

「いや～ウマイ！　ウマイよ、未歩ちゃん‼」

一平さんは感嘆の声を上げながら、私の作ったカレーをせっせと平らげていく。

本当に美味《おい》しそうに食べる一平さんの顔を見れば、それがあながちお世辞だけでないことが窺《うかが》い知れて、私はつい嬉《うれ》しくなってしまった。

「気に入ってくれて良かったです。あ、お代わりはいっぱいありますから、どんどん食べてくださいね」

「ハイ！　すべてを食らい尽くします！」

軽く冗談を言いながら、一平さんは黙々とカレーを食べ続けた。さすがに男の人の食べっぷりは豪快だ。

梨本くんも、やっぱりそうなんだろうか……なんて考えていると、不意に真樹お姉ちゃんと目が合った。

……な、何か気付かれちゃったかな？

一瞬、ドキリとしたけど、真樹お姉ちゃんは、

「いや、本当に美味しいよ」

と、誉《ほ》めてくれた。お姉ちゃんと違って、真樹お姉ちゃんは私の微妙な心情変化は読みと

れないみたいで助かったわ……。

「未歩ちゃんは料理がうまいね～。ホント、いいお嫁さんになるよ」

「そ、そんな……」

「おっと、こりゃ真樹さんの前じゃ酷な話だったかな？」

「そりゃどういう意味よ!?」

挑発するように喋《しゃべ》る一平さんに、お姉ちゃんがギロリと目を光らせる。

「どうもこうも……真樹さん、君、料理できるの？」

「そのインテリ口調をやめろっつーの！」

「まあまあ……」

お姉ちゃんと一平さんの愉快な掛け合いを見ながら、私は黙々とご飯を食べていった。

お姉ちゃんがいないのは残念だけど、たまにはこんな賑やかな食卓も悪くない。

けど、一平さんに何杯目かのお代わりを渡して、再び席に着いた時。

……あれ？

なんだか妙に世界が揺れているような気がした。

まるで風の強い日にブランコに乗っている……そんな感じ。

「ねえ……今、地震来なかった？」

両手で食卓を押さえながら、真樹お姉ちゃんがそんなことを言い出した。

地震だったのか……と、納得するところだったたんだけど、一平さんは訝《いぶか》しげな表情を浮かべて首を捻っている。

「いやさー、なんだか揺れてるって感じしない？」

「しねえよ」

真樹お姉ちゃんの言葉を、一平さんは即座に否定した。

おかしいな……私にも地面が回っているような気がするのに……。

今も座っているだけで、目が眩《くら》んできそうだ。

私は耐えきれずにテーブルに顔を突っ伏した。お姉ちゃんも私と同じ状態らしく、一平さんのオロオロとした声だけが聞こえてくる。

「なんだなんだ？　どうして二人とも酔っぱらってるんだ？」

酔っぱらってる……？

そっかぁ……酔っぱらうとこんなふうになるんだぁ。

ぼんやりとした頭でそう考えた時。

「……うっ⁉」

お腹から何かが込み上げてくるのと同時に、顔から血の気が引いていった。

なんだか吐きそうな気分……。

「おい、大丈夫かよ真樹？　……あ、未歩ちゃんまで⁉」

一平さんの声になんとか顔を上げると、隣で真樹お姉ちゃんもお腹を押さえて苦しそうに唸《うな》っている。どうしちゃったんだろう……私達。

「ま、まさか食中毒？　あ、でも俺はなんともないな。一体どうなってんだ!?」

慌てふためく一平さんに、言葉を返す余裕すらない。意識が薄れ、目の前がかすんで真っ白になっていく。

も、もう……ダメかも……。

「お、おい、どうした！」

「…っ!!」

限界を超えてしまったのは真樹お姉ちゃんも同じのようであった。

もう躊躇《ちゅうちょ》している時間はない。

飛び出していくお姉ちゃんにつられ、私も立ち上がると洗面所に向かって口を押さえながら駆けて行った。

「あ、未歩ちゃんまで！」

お姉ちゃんと同様、横を素通りしてゆく私に一平さんが声を掛ける。

でも、私はその声に返事をする余裕すらなく、真樹お姉ちゃんと先を争うようにしてバタバタと洗面所に駆け込んだ。

■遼子

宴会が始まってそろそろ二時間近く。

最初は歓迎会という名目上、良識範囲内の粛然とした雰囲気で始まったが、三十分も経った頃から徐々に座が乱れ始め、今ではすっかり乱痴気騒ぎの場と化している。

「ちょっと～、どうしたのよ遼子ぉ～」

「あ、美咲さ～ん」

「あ～、コップ空じゃない～！　え～い!!」

既に完全な酔っ払いになっていた美咲さんが、真っ赤な顔で私にお酌をしてくる。

久しぶりのお酒ということもあって、私もかなり酔いが回っていた。美咲さんがコップになみなみと注いだお酒を躊躇《とまど》いもなしに飲み干す。

ふ～、これで一体何杯目だろう？

目の前のテーブルには、空になったお酒の瓶が何本も転がっている。

……いくらなんでも、そろそろ限界だわ。

目を閉じると、そのまま心地良い眠りの中に引きずり込まれていきそうだ。場所が畳敷きの和風居酒屋なので、このままゴロリと横になってしまいたいぐらい……。

私は睡魔に誘われるようにして、テーブルの上に突っ伏した。

「え～、それではそろそろ歓迎会を終了したいと思います」

あら……？

つい、うとうととしていた私は、幹事の織田くんの声でハッと顔を上げた。いつの間にか寝てしまったみたいだ。気付くと周りでは他の人達が帰り支度を始めている。

「フフッ、まだ寝ぼけているの、遼子？」

「あ……美咲さん」

まだほんのりとほろ酔い気分でいる私と違って、へべれけだったはずの美咲さんはいつの間にかアルコールが抜けたらしく、いつもの口調に戻っていた。

「ホラ、立てる？」

「う～ん……」

手を差し伸べてくれる美咲さんに寄りかかりながら、私はなんとか立ち上がった。

ん～、それじゃあ帰りますか……。

そう思って歩き始めたが、腰から下が私の意思に反して思うように動かない。千鳥足になって足元から崩れそうになる私を、咄嗟《とっさ》に美咲さんが支えてくれた。

「遼子、大丈夫？　ちょっと飲み過ぎたんじゃないの？」

「大丈夫ですってば……」

と、言ってみたものの、私の足元は依然おぼつかないままであった。

本当に少し飲み過ぎてしまったみたいだ。頭も朦朧《もうろう》とするし、気を抜くとすぐに眠ってしまいそう。

「なんだ駿河くん、飲み過ぎたのか？」

美咲さんに支えられている私に気付いて、夏目課長が声を掛けてきた。

「いえいえ、そんなんじゃないですよ」

「でも実際にフラついてるみたいじゃないか？」

私は手を振って平気だと答えたが、課長は更にしつこく追求してくる。私の状態は、端から見ていて、そんなに危なっかしいのだろうか？

「だから、大丈夫……ホラ」

自分で立てることを証明しようと美咲さんから離れたが、その途端、グラリと周りの風景が大きく揺れた。

「危ない！」

傾き掛けた私の身体を、課長が慌てて受け止めてくれる。相手があまり好きではない課長であることも忘れ、私はぐったりとその胸に身体を預けた。

「大丈夫か？　駿河くん」

「遼子！」

課長と美咲さんが心配そうに私の顔を覗《のぞ》き込んでくる。なんとか平気であることをアピールしようと笑い返したが、その笑みがよほど危険なものに見えたのか、二人は少し小難しそうな顔色を浮かべた。

「……周防くん、すまないけどタクシーを呼んで来てくれないか？　私はこのまま駿河くんを送って行くから」

「あ、はい、わかりました」

バタバタと美咲さんが離れていく。

そんなに危ないのかな…私？

まあ……いいや。送ってもらえるなら、それに越したことはない。このまま眠ってしまえるんなら……。

まともな思考のできなくなっていることを自覚した私は、課長に抱かれたまま大人しく身を委ねた。素面ならとてもできなかっただろう。

徐々に視界が薄暗くなっていくのを感じながら、私はいつしか深い眠りの中へと沈み込んでいった。

■真樹

「ううっ……」

胃の中のものをすべて吐き出すと多少は楽になったが、気分は最悪のままだ。顔を上げるのも億劫《おっくう》で、あたしは便器に突っ伏したまま大きく息を吐いた。

「おい、大丈夫かよ？」

背後から一平ちゃんが心配そうな声を掛けてくる。

どうやら様子を見に来てくれたようだが、今のあたしは頷き返すのが精一杯だった。

「一体、どうなってるんだ？　お前も未歩ちゃんも」

「面目ない……」

なんとかそう言いながらも、あたしは原因については触れなかった。

酒に馴染《なじ》みのない未歩にはわからなかったかもしれないが、これは恐らく飲み会に出席しているお姉のせいだろう。どうやらお姉がベロベロに酔っぱらって、その感覚があたし達に伝わってきているのだ。

……ったく、少しは加減して飲んで欲しいよねぇ。

「少しは楽になったのか？」

一平ちゃんがそう言いながら背中をさすってくれる。温かい手のひらは、なんだかとても心地よく、このままずっと身を委ねていたい気持ちになった。

……あれ？

身体が少しずつ楽になっていくのと同時に、あたしの中で妙な……その、エッチな気分が頭をもたげ始めていた。

まるで一平ちゃんの手が、あたしの中の欲望を引き出しているかのようだ。

「あ、ありがと……。もう大丈夫だから」

あたしは慌ててそう言った。

どうしてなのかわからないけど、このまま一平ちゃんに触られ続けていると自分を抑えられないような気がした。

けど……。

「そうか……？」

あたしの言葉に一平ちゃんが頷いて、そっと背中から手を離した途端、なんだか急に寂しい気がした。まるで、大事なものが離れていくような気分。

「……待って、一平ちゃん！」

あたしは咄嗟に一平ちゃんを呼び止めていた。

■未歩

……ふう。

込み上げてきたものをすべて吐き出し、私は洗面台に両手をついて肩で大きく息をした。

少しは楽になったけど、相変わらず身体はフラフラしたままだ。ぼんやりと頭の中に霞《かすみ》が掛かったような感じがする。

それにしても……どうしてこんなことになったんだろ?

鏡に映る自分に問い掛けてみたけど、答えがわかるはずもない。

……それ以前に、まともな思考ができる状態じゃないよ。

私は壁に手をついて、ふらつく身体を支えながら洗面所を離れる。

居間まで来ると、そのままソファーの上に倒れ込んだ。自分の部屋に戻ろうかと思ったけど、もう身体は動いてくれそうにない。

少しだけ、ここで休んでから……。

そう思いながら目を閉じる。

私は脱力感に全身を覆われながら闇の中へと沈んでいった。

■遼子

気付くと、目の前には見知らぬ天井が広がっていた。

……ここはどこだったかな？

ぼんやりとそんなことを考えていた私の耳に、誰か男の人の声が聞こえてきた。

「フフ……気がついたかい？　駿河くん」

え……？　この声は……課長？

私は反射的に身体を起こした。やはり、ここは見知らぬ部屋だ。私はどうやら、その部屋のソファーの上に寝そべっていたようだ。

「あ……こ、ここは……？」

思わず自問するように呟いた私の視界に、ワイシャツ姿の夏目課長の姿が現れた。課長はネクタイを緩めながら、ゆっくりと私に近寄ってくる。

「ここかい？　ここは私の家だよ」

え……課長の家って？

「君はかなり酔いつぶれていたから、こうして我が家で介抱してたんだよ」

そうか……私、あの居酒屋で……。

正体なく酔っぱらってしまったことが、今更ながらのように思い出されてバツが悪い。

「あ……す、すいません。私、帰ります」

こんな姿を課長に見られているのは面白くない。さっさと出て行こうとソファーから立ち上がったが、身体はどうしても思うように動いてくれなかった。

まだ、かなり酔いが残っているようだ。

「あまり無理をするもんじゃない。ゆっくりしていけばいいさ……」

課長はそう言いながら近付いてくると、いきなり私を抱きしめた。

「え……!?」

課長が何をしたのか、咄嗟には理解できなかった。

ほくそ笑みながら、足腰の立たない私を再びソファーの上に押し倒し、荒々しくアンダーシャツを捲《まく》り上げるに至って、ようやく課長の意図を察した。

「な、何を……!?」

「思った通り……きれいな肌だね」

課長は感嘆の溜息《ためいき》を漏らすと、ブラジャーの上からやんわりと円を描くように乳房に触れてくる。私は全身が一気に粟立《あわだ》つのを感じていた。

「い、いやぁ、やめてください！」

必死に身体を動かして抵抗したが、私には課長を押し退けるだけの力はなかった。

「そうはいかないよ、駿河くん。こうして男の家に上がり込むってことは、こういうのを期待していたんだろう？」

「あ……そ、そんな……」

私は課長の言葉に愕然《がくぜん》とした。自分の意思で課長の家に来たわけではない。だが、この状況ではどんな言いわけも通じないだろう。そんなことを考え、ほんの少し躊躇っている間にブラジャーが引き下ろされ、私は素肌を課長の前に晒《さら》していた。

「それに……やめると辛《つら》いのは君の方じゃないのか？」

課長は耳元で面白そうに囁《ささや》くと、私の乳首を軽く指でなぞった。

こんな状況で、こんな男に襲われているというのに、私の乳首はいつの間にか固くなり始めている。嫌悪感しか感じていないというのに、どうしてなの……？

私は思わず、ギュッと目を閉じた。

課長の顔を見ていると、屈辱感で身体中の血が沸騰してしまいそうだった。

「フフフ……」

観念したと思ったのか、課長は小さく笑うと私の乳首に舌を這《は》わせてきた。生暖かく、ざらついた感触。乳首を吸われると身体の力が抜けていくような気がした。

「だめ……んん……お願い……やめてください」

私は大きく首を振って哀願した。自分の意思とは裏腹に、理性が少しずつ消えて行きそうなのを自覚し始めていたからだ。

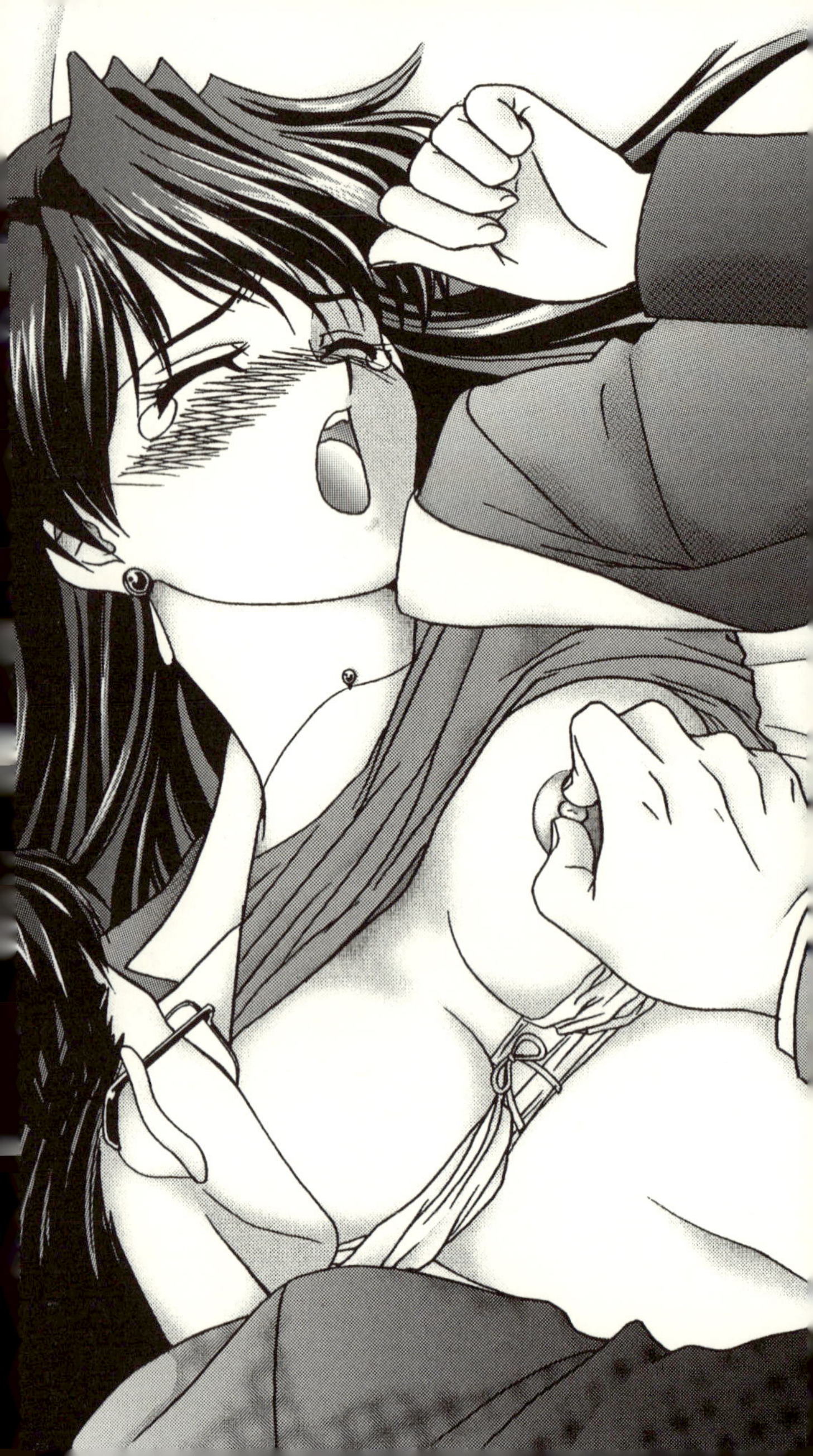

もっとも、それで課長の動きが止まるはずもなかった。乳房を唾液《だえき》でベトベトにした課長の舌は、胸から腹部へと滑るように移動していく。

「いっ……はぁん……」

身体を這い回る舌の感触に、私は思わず甘い吐息を漏らした。

私が陥落寸前であることを知って、課長はスカートの中に手を潜り込ませると、パンストの上から一番敏感な部分に触れてきた。

「だいぶ湿ってきたよ」

「い、言わないで……んんんっ……はぁ……」

自分でも十分に承知していることを改めて声に出されると、顔から火が出そうなほど恥ずかしかった。その恥ずかしさが、私の身体に与えられる刺激を増長させる。

「どんどん溢《あふ》れてきて、止まんないよ駿河くん」

課長は私のスカートを捲り上げると、股間《こかん》に顔を埋めてきた。直に触れられてはいないものの、薄い布地を通して舌の感触が伝わってくると、私は思わず腰をくねらせた。

「んんんっ！　……はぁぁっ!!」

下着の上から課長の舌がクリトリスを探りあて、弾《はじ》くように執拗な責めを加えてくる。

愛液が止めどなく湧き出してくるのを自覚して、私は大きく首を振った。

……もう、耐えられない。

自分の口から漏れる喘《あえ》ぎ声が、私の中に残っていた理性を崩壊させていく。そんな私の反応を楽しみながら、課長は自らの服を脱ぎ始めた。

「駿河くん、後ろを向きたまえ」

ソファーの上で四つん這いになれと言うのだ。一瞬躊躇したが、課長の目に見据えられると、どうしても従属的にならざるを得なかった。

命じられるまま、恐る恐るソファーの上で身体を回転させる。

「もっとお尻を突き出すんだ」

課長は更にそう命じると、スカートを捲り上げて愛液と唾液に濡《ぬ》れた部分のパンストを一気に引き裂いた。

「うっ……」

もう拒否はできなかった。ここまで来て、逃れられることはできない。

「それじゃあ、入れるよ」

パンストの裂け目から愛液のたっぷり染み込んだショーツを横へずらされ、課長の熱くいきり立った分身が私に触れると同時にゆっくり沈み込んできた。

「んんっ！」

熱い杭《くい》で下半身を貫かれるような感覚が私を襲う。

「駿河くんの中、絡みついてくるよ……」

大学の時の彼氏以来、男を受け入れていないせいだろうか。この異常な状況でも、奥へ奥へと埋没してくる課長のペニスに、無意識とはいえ敏感に反応してしまう自分がとても惨めに思えた。

「んぁ……んっ……はぁ……ぁん」

思わず切ない喘ぎ声が、途切れ途切れに口から漏れてしまう。

課長のペニスが本格的に出入りを始めると、クチュクチュといやらしい音が室内に響き渡り、私の意思とは関係なしに、下半身が自ずと課長のペニスを深く招きいれようとしていた。激しく挿入される度に課長のペニスの先端が子宮まで届き、私はその感覚に背中を弓なりに反り返らせてしまう。

「ん……そ、そろそろ私は……」

課長の息遣いと抽挿《ちゅうそう》のリズムが激しくなり、最後が迫っていることを知らせた。

一瞬、頭の中に不安がよぎった。まさかこのまま……？

「い、いやっ……」

私は慌てて課長から離れようとしたが、がっちりと腰を押さえつけられて身動きがとれなかった。その意図は明白で、私は思わず悲鳴を上げた。

「な、中は……やめてっ……あぁぁ……」

拒む私の言葉を聞きながら、課長は更に腰の動きを早くしていく。

「いやぁ……ダメぇ！　抜いて……はぁ…ああああっん！」

涙を流しながらに懇願したが、それは返って課長の嗜虐心《しぎゃくしん》をあおるだけだった。

「んんっ……」

課長が低く呻《うめ》くと同時に、背筋を快感が走り抜け、私の中に熱い液体がほとばしるのが感じられた。無情にも私の中に大量の熱い精を放出したのだ。

「うっ、ううう……」

課長が離れると同時に、私はそのままぐったりと身体を横たえた。受け切れずにこぼれ落ちた精液が、太股《ふともも》を伝ってソファーに染みを作る。

……どうして、こんなことに。

「フフッ……良かったよ、駿河くん」

課長は絶望感と虚無感に支配された私の耳元でそう囁くと、汗と精液にまみれた身体を再び抱え上げていった。

■真樹

離れようとしていた一平ちゃんの動きがピタリと止まる。あたしはそのまま一平ちゃんに抱きつき、気付くと、自分でも信じられないような甘い声で懇願していた。

「あ、あのさ……お願い、一平ちゃん……」

「お、お願いって……な、何を急にサカってんだよ、お前!?」

普段は絶対に見せないもう一人のあたし。そのあたしが突然現れたことで、一平ちゃんは情けないぐらいに動揺している。

あたしは身体の中から突き上げてくる衝動に耐えきれず、みっともないほどに一平ちゃんを求めていた。

これも、やっぱりお姉が原因なんだろうか？　お姉から伝わってくる感覚が、あたしを狂わせてしまっているのかな。でも……もう、そんなことはどうでもいい。

「お、お願い……も、もう……」

「わ、わかった……けど、どうなってもしらねえぞ」

一平ちゃんは覚悟を決めたようにそう言うと、息を荒くして、ドアにもたれかかるあたしのショートパンツのベルトを外し、スルリと足下から引き抜いた。

トレーナーとパンティだけの姿になったあたしは、待ちきれずに、自分から背伸びをして一平ちゃんにキスをした。遠慮がちなキスから、徐々に舌を絡めた濃厚なものへと変わっていく。まさか、また一平ちゃんとキスをする時が来るなんて思っても見なかった。

何度も唇を重ねていくうちに、一平ちゃんはそっと手を下ろして、パンティ上から割れ目の辺りに触れてきた。

「おまえ……すごく濡れてるぞ」

一平ちゃんはパンティの隙間から指を入れ、ゆっくりと割れ目の奥に差し込んで、溢れ出た愛液をすくい取るような仕草で愛撫《あいぶ》してくる。

「俺の手、ヌルヌルじゃん……」

「はぁん……んっ……ば、馬鹿……んぁ……」

クリトリスを愛撫されながら首筋にキスをされると、あたしは自然に鼻にかかった甘い吐息を漏らしてしまった。身体中がジンジンと痺《しび》れ、同時にうっとりとするような快感に包まれていく。

一平ちゃんはトレーナーを捲り上げるとブラの上から胸を揉《も》んできた。レポートと引き替えに揉まれた時は嫌悪感しか感じなかったけど、今はうっとりするぐらい気持ちいい。

「なあ……こっちもなんとかしてくれよ」

気付くと、腰の辺りに固くなった一平ちゃんのがあたっている。

普段なら蹴《け》り飛ばしているところだが、今はあたしを想って大きくなったモノが、とても愛おしく感じられた。

「う、うん……わかった」

多少の躊躇いはあったが、あたしは小さく頷き返すと一平ちゃんの前にしゃがんだ。

ズボンのチャックを外して、そっと下着を下ろした途端、いきり立ったモノが勢い良く飛び出してきた。上を向いて反り返り、見るからに固そうだ。

こんなことをするのは初めてだから、どうやっていいのか見当もつかない。あたしは覚悟を決めると、とりあえずゆっくり先端に舌をあててみた。

「おっ……」

一応、一平ちゃんは感じてくれているみたい。

あたしは思い切って大きく口に含んでみた。なんだか生々しい味がしたけど、一平ちゃんのモノだと思うと、そう嫌な感じではなかった。

「うっ……歯あてないでくれよっ。結構デリケートなものなんだから」

そんなものなのか……。

あたしは言われた通り、歯に気を付けながら、再び一平ちゃんのを口一杯に頬張る。舌で舐《な》めたり頬をすぼめたりして、思い付く限りの愛撫を繰り返した。あたしの口の中で、一平ちゃんのモノが更に硬度を増していくのがわかる。

「悪くない感じだな……おっ！」

一平ちゃんは、不意にあたしの肩を掴んで口からモノを引き抜いた。

「これ以上はイッちまうよ。……そろそろ入れていいか？」

「う、うん……」

小さく頷いて承諾すると、一平ちゃんはあたしの背後に回った。あたしを抱え上げるようにして自分の膝《ひざ》の上に乗せる。場所が廊下なので気を使ってくれたみたいだ。

「……行くぞ」

下から熱いモノが触れると、ゆっくりとあたしの中に侵入してきた。

「うっ…んんんっ……ああっ！」

一平ちゃんのが少しずつ奥を目指して進んでくるたびに、あたしは思わず声を上げた。

挿入されて異物感を感じると同時に、何かが満たされていくような気分が全身に広がる。

「それじゃ……動くからな……」

根本まで沈み込んだ一平ちゃんが耳元で囁いた。

うん、いいよ……と返事をするよりも早く、一平ちゃんは下から大きく突き上げるように腰を動かしてきた。

「あっ……んああっ……」

快感に目が眩みそうだ。以前に一度だけ一平ちゃんとした時は、痛いだけでこんな感覚

はなかった。エッチがこんなに気持ちの良いものなら、病みつきになってしまいそう。あたしは無意識の内に自分からお尻を振り、更なる快感、快楽を求めていた。

「こんなに腫《は》らして、意外とエッチなんだな……」

片手であたしのクリトリスを弄《もてあそ》びながら、一平ちゃんがそっと囁いてくる。一瞬、恥ずかしさでカッと頬が熱くなったが、下半身からの伝わってくる快感は、そんなあたしの思考さえ破壊していった。

「そろそろ……」

一平ちゃんが限界……という感じで囁いた。徐々にペースが上がってきている。

「今日は大丈夫だから……いいよ……んっ……中で……」

「おう。……じゃ、遠慮なく」

そう答えると同時に、一平ちゃんのモノがあたしの中で大きく膨らんだ。その感覚に、今まで蓄積された快感が、出口を求めて身体の中を駆け回る。

「はんぁぁぁぁん……ダメぇ……イっちゃう……」

身体中が溶けてしまいそうだった。あたしも、限界だわ。

「んはぁぁぁあああっ!!」

一平ちゃんが身体の奥深いところで精を解き放つと同時に、あたしも全身を震わせて絶頂に達していた。

第三章　不要な能力

■未歩

うーん……。

私は答案用紙を前にしたまま、しばらく固まってしまった。

一時間目の現国の時間に行われた漢字の小テスト。完全な抜き打ちだったので、制限時間が半分過ぎても、まだほとんど手付かずの状態。

おまけに、昨日からどうも身体の調子がおかしいし……。

……と、そう考えて、私はふと昨夜に起こった不思議な気分を思い出した。

あんな気分になるのは初めてだった。今朝、真樹お姉ちゃんに訊《き》くと、どうやら遼子お姉ちゃんがお酒を飲んで酔っぱらった感覚が私達に伝わって来たのが原因みたい。

でも……実は、あれから、私は妙な気分になっちゃってる。もしかして、あれも遼子お姉ちゃんが原因なんだろうか？

そういえば、今朝の遼子お姉ちゃんは、なんだか様子が変だった。普段なら誰よりも早く起きてくるのに、今日は私が起こしに行かなければならないぐらいだったし、元気もなかったような気がする。

遼子お姉ちゃん……何かあったのかな？

テスト中だと言うことも忘れて、そんなことを考えていると、不意に何かが私の太股《ふともも》の辺りに触れてきた。

「……っ⁉」

思わず叫びそうになるのを堪《こら》えて机《つくえ》の下を覗《のぞ》いてみたけど、当然のようにそこには何もない。なんだったんだろう……と思いつつ顔を上げると、また何かがもぞもぞと蠢《うごめ》く。今度は手で確認してみたけど、やはり何も触れるものはなかった。

おかしいな、まるで触られているような感覚なんだけど……。

……って、え？　誰かに触られている？

私はようやくこの不思議な感触の正体に思い当たった。

そうだよ！　お姉ちゃんの誰かが、その……変なことを……。

そう考えると、今まで何かがあたったぐらいに考えていた感触が、不意に誰かの指を思わせるような動きに変わった。

な、何も……こんな時間にしなくてもいいのに……。

もうテストどころじゃない。大事な部分を執拗《しつよう》に嬲《なぶ》られる感覚に、私は声を抑えるのが精一杯だった。

両脚を閉じて腰を動かしても、指の感覚は奥へ奥へと迫って来る。感覚のみが伝わってくるので、どんな抵抗をしても無駄みたい。突起した部分を撫《な》でられると、じわりとパンティの濡《ぬ》れる感触がした。

あ……だ、だめ……。

あそこを往復していた指が、今度は私の中に入ってこようとしている。

……もう限界だった。すでに周りの音は聞こえなくなり、視界もぼんやりとかすれ始めている。私は思わず眉根《まゆね》を寄せて机に突っ伏した。

指はいやらしく蠢き続けて私の大事な部分を蹂躙《じゅうりん》した後、今度はお尻の方へと移動を始めた。まさか……と、思っていた途端、お尻の穴に刺激を受けて、私は椅子《いす》に座ったまま身体を硬直させた。

そんな……そんなところを……。

思わず腰を浮かせて見えない手を払い退けようとしたが、私の手は虚《むな》しく空を切る。せめて声だけは上げまいと唇を噛《か》みしめた時、

「……っ!?」

斜め前の席にいた梨本くんと不意に目が合った。途端に、頭の中を覆っていた靄《もや》が急速に晴れていくような気がした。

見られて……た？　私がいやらしい気分になりながら身悶《みもだ》えていた様子を……？

そう考えた瞬間、カッと頰《ほお》が熱くなるのを感じた。恥ずかしいという感情を通り越して、絶望感で涙が浮かんできた。

……こんなところを梨本くんに見られるなんて。

その時、涙で歪《ゆが》んで見える梨本くんが急に立ち上がった。

「先生、駿河さんが具合悪そうなんですが」

え……？

私は驚いて顔を上げた。

「どうした駿河？　何処《どこ》か痛むのか？」

慌てて飛んできた先生が、泣き崩れる私の顔を見てひどく心配そうな表情を浮かべた。クラスのみんなも私の涙と顔色を勘違いして、「盲腸だ」とか「熱が出たの？」とかいろんなことを言い出した。

「あ、違うのよ……」

と声に出して言うこともできず、私は別の意味で泣きたくなってきた。

「まあ、落ち着け。……梨本、駿河を保健室まで連れて行ってくれ」

「はい。……じゃ、行こう駿河さん」

先生に指名されて梨本くんが声を掛けてくる。

その様子を見る限りでは、梨本くんは本気で私が体調を崩したと思っているようだ。変なところを見られてしまったというのは、私の勘違いだったのかしら？

私は梨本くんに肩を抱かれて、教室を後にした。

■遼子

誰もいない資料室。

忙しそうだった美咲さんの代わりに資料整理をしていると、不意に昨夜の忌まわしい記憶がフラッシュバックのように蘇ってきた。

忘れたくても忘れられない……。

一夜明けた今も、私の身体には課長の触れた手の感触が残っている。

「……っ！」

私は大きく頭を振って、気持ちを切り替えようとした。今朝も、憂鬱《ゆううつ》な顔を見せて未歩にいらぬ心配をさせてしまったばかりだ。

少しでも仕事に集中しようと、私は改めて前の書類に向き直った。

……と、その時。

資料室のドアが重々しく音を立てて開いた。

「おや……？　駿河くんじゃないか」

姿を見せたのは夏目課長であった。

その声を聞いた瞬間、再び脳裏に昨夜の屈辱感が浮かび上がってくる。私はできるだけ感情を押し殺し、今朝会った時のように無言でいた。

「資料整理は周防くんに頼んだはずなんだけど……？」

私を辱めた男は、まるで何事もなかったように振舞っている。

「それでしたら……」

無性に沸き起こる嫌悪感を押さえつつ、私はこれまでの経緯を説明した。私が美咲さんの手伝いをしていることを知ると、課長は不意に笑みを浮かべた。

「じゃあ……周防くんの用事が終わるまで、ここには誰も来ないと言うわけか」

「……えっ⁉」

その言葉の意味を理解するよりも早く、課長がいきなり抱きついてきた。

私の頭は途端に真っ白になってしまった。まさか、いくらなんでも会社の中でこんな行動に出るとは思ってもみなかったのだ。

「やっ……やめてくださいっ！」

我に返った私は、喉《のど》の奥から絞り出すようにして声を上げた。

だが、課長は私の言葉を無視して強引に身体を引き寄せると、手のひら全体で感触を楽しむようにお尻を撫で回してきた。

「やっ！　離して……」

逃れようと身体を揺すったが、課長の手の力は強く、私とでは比較にならなかった。身動きの取れなくなった私を見下ろし、お尻の溝に手を潜り込ませてくる。

「フフ、嫌がる顔も結構そそるじゃないか」

「い……本当に……いい加減にしてくださいっ！」

私は再び力を込めて、課長を押し戻そうとした。けど、課長は微動もせずに、ますます私に身体を密着させてきた。

「そこまで感じておいて、何がいい加減なんだ？」

必死になって腰をうねらせる私を見て課長は面白そうに笑った。何度もお尻の溝を嬲られる感覚に、私の下半身は確かにむず痒《かゆ》いような快感に包まれ始めている。だが、それを課長から指摘されるのは、たまらないほど辛《つら》い。私は唇を噛んで執拗な愛撫《あいぶ》に耐えた。

お尻の溝を往復していた手が、不意にスカートを捲《まく》り上げる。今度は直接ショーツの上からお尻を……そして、前の方へと指を伸ばしてきた。

「や、やめて……ください……」

しつこく触られているうちに、徐々に下着が湿っていくのを感じた。

こんな男に触られているのに……どうして？

自分の意思に反して反応する身体が、これほど恨めしく感じたことはなかった。

この男に、昨日あれだけ犯された直後だというのに……。

「……あっ！」

課長の指がゆっくり蠢いてお尻の穴を捕らえた時、私は思わず声を上げてしまった。今までこんな場所を他人に触られたことはない。奇妙な快感を覚えると同時に、それまでよりも激しい羞恥心《しゅうちしん》が私を支配した。

「おや……お尻が感じるのかい？　いやらしいなあ、君も」

私が過敏に反応したのを見逃さず、課長は執拗にお尻の穴を探ってくる。秘所を嬲られるのとは違った感覚に身体中の力が抜けていく感じがした。

「ホラ、これでどうだい？」

課長はショーツごとお尻の中に指を深く沈めてきた。

「ひゃ……ああーっ！」

苦痛とも快感とも言い難い感覚が、お尻から頭のてっぺんにまで響き渡った。予想もしていなかった圧迫感に押され、私は思わず唇を開いて吐息を漏らした。

手足がジンと痺《しび》れる。内部に侵入してきた課長の指が動く度にお尻が熱くなり、身体が内側から砕けてしまうほどの衝撃を感じた。

「フフッ、アナルでイキたまえ。変態の君にはお似合いだよ」

「あっ……ああっ……」

まるで電気を流されたかのように、勝手に腰がガクガクと揺れた。生まれて初めて体験させられた恐ろしい感覚に、私の目の前は真っ暗になっていった。

■未歩

微《かす》かな消毒液の匂《にお》いが漂う保健室には、誰の姿もなかった。常時いるはずの保健の先生は、他に用事でもできたのだろうか……。

「じゃ、空いてるベッドを使わせてもらおうよ」

梨本くんは真っ白なカーテンを開放して、使われていないベッドに私を案内した。私は言われるままに上着を脱いで、ベッドの中に身体を埋めていった。

幸いなことに、あの妙な感覚はすでになくなっている。

エッチなことをしていたどちらかのお姉ちゃんが行為をやめたのか、私の意識が梨本くんに向いたために伝わってくる感覚が霧散してしまったのかはわからない。だけど、これで悩ましげな気分から解放されたことは確かだ。

「顔が赤いけど熱とかない?」

「あ、う、うん……なんでもないから」

心配そうに覗き込んでくる梨本くんは、どれ……と、私の額に手を乗せてきた。梨本くんに触れられて、私は恥ずかしさのあまり目が眩《くら》みそうだった。

「ちょっと熱っぽいかな?」

「あ……本当に大丈夫だから……」

熱があるわけではない。これは梨本くんにのぼせているのだということを、私自身が一番良く知っている。

「でも、あの時、偶然に消しゴムを落として良かったよ。それを取ろうと思ったら駿河さんがぐったりしてて……ちょっと驚いちゃった」

……じゃあ、梨本くんは私が変な気分になっていたことに気付いていないの？

ホッとすると同時に、梨本くんに迷惑を掛けてしまったという気持ちが膨らんできて、私は申しわけない気分になった。テストの真っ最中だったのに……。

「ゴメンね、私のために……な、梨本くんに迷惑かけて……」

「気にしないで駿河さん。僕も、その……」

梨本くんは何かを言いかけて、不意に声のトーンを落とした。顔を上げると、そこには照れたように顔を赤くして私を見つめる梨本くんの姿があった。

「……あ、いや……じゃあ、僕はそろそろ教室に戻るね」

私が頷《うなず》くと、梨本くんは焦るように立ち上がって保健室を飛び出していった。

どうしたんだろ、梨本くん。なんだか、まるで私自身の姿を見ていたような……。

……まさかね。一瞬、頭の中に浮かんだ都合のいい想像を慌てて打ち消した。

もう、勘違いはこりごりだよ。

■遼子

夏目が去った後、私は資料室の床に座り込んでうな垂れていた。よもや、こんな場所で課長に弄《もてあそ》ばれることになるなんて……。

いや、それよりも私が手伝いを申し出ずに美咲さんがここに来ていたら、夏目は彼女を一体どうするつもりだったのだろう？

まさか、美咲さんにまで……という気持ちと同時に、夏目ならやりかねないという不気味さが私の心を支配していく。

美咲さんをあんな目に遭わせるくらいなら、私が……。

「……遼子⁉」

ふと顔を上げると、いつの間にか美咲さんが青ざめた表情で私を見下ろしていた。

「あ……み、美咲さん……」

「どうしたの？　今、課長がここから出て行ったみたいだけど……」

「それは……」

課長が無理やり……と続けようとした言葉を、私は慌てて呑《の》み込んだ。いくら相手が美咲さんであっても、こんなことを話したくはなかった。

「な、なんでもないわ……ちょっと、転んだだけ……」

そう言って笑顔を浮かべたけど、美咲さんは怪訝《けげん》そうに私を見つめている。付き合いが長いだけに、私が本当のことを口にしているのかどうかは一目瞭然なのだろう。

「あのさ……遼子」

美咲さんか静かに口を開いた。

「な、何……？」

「遼子は興味ないみたいだったから言わなかったけど、私、ちょっと夏目課長のことを調べてみたのよ」

重々しく吐き出された彼女の言葉に私は息を呑んだ。

「これは課長が、まだ営業課にいた頃の話ね……」

美咲さんはそう前置きをすると、私の返事も聞かずに喋《しゃべ》り始めた。

夏目課長は噂《うわさ》でも聞こえてきたように、営業課ではかなり優秀な成績で、次期部長候補として何度も名が挙がっていたらしい。だが、その都度、年齢が若いことや経験が浅いなどを理由に見送られている。

しかし、その本当の理由とは、彼の女性関係にあった。

夏目が今まで起こした女性とのトラブルは四回。そのうち、妊娠騒動は三回。いずれも女性社員が退職してうやむやになっていたが、昨年にはレイプ未遂まで起こしている。

本来ならその場で解雇になるはずのところを、会社側が彼の営業手腕を惜しんで転属で済ませていたのだ。

「それで……この総務課に配属されたのね？」

私がそう訊くと、美咲さんはコクリと頷いた。

「でも、これで遼子にまで手を出したとなれば……」

「……美咲さん」

「あっ……」

美咲さんは慌てて口を押さえた。やはり、私と課長との間に何かがあったことは薄々ながら気付いているようだ。

「……昨日、あなたを送ったのは課長だったし、今朝もなんとなくおかしかったから……」

私は何もかも打ち明けてしまいたい衝動に駆られた。

でも、今までにそんな事件を起こしている夏目のことだ。真実を知った美咲さんに、何をしてくるかわかったものではない。

私は感情を押し殺して、ゆっくりと首を振った。

「余計なことだったらゴメンね。でも、私は……」

「……わかってます。ありがとう美咲さん」

今は美咲さんの心遣いが有り難かった。

■真樹

いくら姉妹でも、あまりプライベートなことは訊きたくない。

……けど、こう何度も妙な気分にされてはたまったものじゃないよ。

テニスウェアに着替えたあたしは、コートの隅でぼんやりと午前中に起こった妙な気分のことを思い返していた。

しっかし、一体誰だろうね……あんな時間に欲情したのはさぁ。

お姉か未歩か……。

まあ、多分お姉の方なんだろうけど、昨日はともかく、今日は午前中からだよ？

……お姉の奴、会社で何をやっているだろうね、まったく。

昨日だってそれが原因で一平ちゃんとエッチする羽目になっちゃったし、今日の午前中は、講義の時間中に悩ましげな感覚に襲われてしまった。

周りにバレなかったからいいようなもののさぁ。

これは、一度ガツンと言っておく必要があるよな……。

一人でブツブツ呟《つぶや》きながらとそんなことを考えていると、

「よう、待たせたな」

着替えを終えたらしい一平ちゃんが、ラケットを手に近付いてきた。

午後の講義を終えて暇そうにしていた一平ちゃんを、今日は無理やり部活のテニスに誘ったのだ。半幽霊部員といえども、たまには顔を出してもらわないとね。

「どう？　久しぶりのテニスウェアの着心地は」

「別に悪かねえけど……お前こそ、スカートそんなに長かったっけ？」

「これでも充分に短いっちゅーの！　このスケベ……あっ」

あたし達はお互いに顔を見合わせて、しばらく沈黙してしまった。初めてでないとはいえ、昨夜エッチをしたばかりなのだ。普段はともかく、その手の話題になるとなんとなく意識してしまう。

「と、とにかく……テニスするか」

気まずいというよりも、気恥ずかしさが先に立つ。一平ちゃんが話題を変えたことに感謝しながら、あたしはラケットを取り出した。

「ま、まあ……なんにせよ、今日は久しぶりにたっぷりと相手をしてもらうわよ」

「怖いこと言うなよ……」

一平ちゃんは本気で顔を引きつらせた。

多分、一平ちゃんはなまりきっているだろうから今日は楽勝だな。身体をほぐすように両手をまわしている一平ちゃんを追って、あたしもコートに入った。

■未歩

ん〜と、どこだろう？

私は本屋さんの小説が置かれているコーナーを端から順番に眺めていった。

放課後、何か用事があるという螢ちゃんと別れ、私は一人で通学路の途中にある本屋さんに立ち寄った。お目当ては小説の新刊なんだけど、どこを探しても見当たらない。

おかしいな……ひょっとして、もう売り切れちゃったのかな？

数多い小説のタイトルを眺めながら、少しずつ横へと移動していく。

人気の割には発行部数の少ない新刊だから、ここにはもうないのかも……。

と、そんなことを考えながら店内を移動していた私は、前から歩いてくる人に気付かず、まともにぶつかってしまった。

「わっ……！」

「きゃっ……ご、ごめんなさい」

よろけながらも、私はぶつかった人に慌てて頭を下げる。

「あ、大丈夫だよ駿河さん」

「え……？」

思いがけずに名前を呼ばれた私は驚いて顔を上げた。

するとそこにいたのは、何冊かの本を抱えた梨本くんだった。私はよりによって、梨本くんを突き飛ばしてしまったらしい。

「ご、ごめんなさい！」

「もういいから、なんともないよ」

梨本くんはそう言って笑った。なんだか今日は梨本くんに迷惑を掛け通しだ。

「それより、身体の方はもういいの？」

「う、うん……大丈夫……」

私は小さく頷く。

あの後、戻ってきた保健の先生には休んでいるように言われたけど、病気でないことは私自身が一番良く知っていたので、次の時間からは授業に戻ったのだ。

「そう……あれから、なんとなく元気がないように見えたから……」

梨本くんはそう言って言葉を濁らせた。

元気がなかったわけじゃない。なんだか、恥ずかしくてまともに顔を合わせられなかったので、梨本くんはそんなふうに感じたのだろう。

「と、ところで駿河さんは何を探してたの？」

私が返す言葉を探して無言でいると、梨本くんは気まずくなったのか話題を変えてきた。

「あ、あの……今日出たばかりの『昇竜伝』って小説なんだけど……」

「……ああ、もしかしてこれ？」

そう言いながら梨本くんが手元から一冊の本を差し出した。

「あ、それ……」

その本こそ、私が探し回っていた『昇竜伝』の最新刊であった。

「それです。これを探してて、その、あんなことに……」

再びさっきのことを思い出し、私はまた落ち込むようにうな垂れた。

「そうなんだ……？　でも、この本はもう売り切れてたみたいだけど」

「え⁉　そ、そうなの⁉」

私の言葉に、梨本くんは「残念ながら」と首を振った。

そ、そんな〜⁉

梨本くんにぶつかっちゃうし、目的の本は売り切れるし……本当に踏んだり蹴《け》ったりとはこのことであった。

「そっか……残念だね。あ、だったら、これ良かったら駿河さんに……」

「え……？」

にっこりと梨本くんが差し出したのは『昇竜伝』であった。梨本くんはその本を私に譲ろうと言うのだ。

「で、でも……これは梨本くんが……」

「いいから気にしないで。ちょっと手に取ってみただけだから。きっとこの本だって、本当に読みたい人に読まれたいはずだから、ね？」

「あ……うん」

梨本くんの笑顔に押され、私はおずおずとうつむきながら本を受け取った。

「あ、ありがとう梨本くん……わ、私、なんて言ったらいいのか」

「いや、本当にいいってば。……じゃ、僕はここで」

「あ、はい……ありがとう、梨本くん」

最後にもう一度頭を下げると、梨本くんは笑顔を見せて行ってしまった。私は受け取った本を胸に抱き、去ってゆく梨本くんの背中をずっと眺めていた。

本当に梨本くんは優しい……。

……じゃあ、梨本くんの好意に甘えて本を買って帰ろうかな。

けど、レジで精算を済ませ、念願の小説を手に本屋さんを出ようとした時。

「あっ……」

ふと入り口付近にある雑誌を見て声を上げてしまった。

その雑誌がどうしたというのではなく、表紙に描かれていた料理のイラストを見て、学校にお弁当箱を忘れてきたことを思い出したのだ。

本屋さんから出てカバンの中を確かめてみたけど、やっぱりお弁当箱はない。カバンを閉じた私は、歩いてきた道を振り返るように学校の方向へと顔を向けた。

……ここからなら、そんなに遠くないから取りに戻ろうかな？

さすがに今の時期ともなると、ちょっと置いて帰るのには気が引けてしまう。私はそう決心すると、学校へと足を向けた。


小走り気味で学校まで戻ってくると、校舎はほんのりと夕陽の色に染められていた。窓ガラスに映る紅色が、やけに眩《まぶ》しく瞳に飛び込んでくる。

一瞬、入れなかったらどうしようか……と思ったが、校門が閉められてないから、まだ大丈夫みたい。

クラブ活動をしている人が校舎やグラウンドに残っているのかな？

ずれたメガネを片手で直し、荒れた呼吸を整えながら、私は真っ直ぐ教室に向かって歩いた。早くしないと、学校の中に閉じ込められるかも……。

そんな不安を感じて、私は急いで教室の前までやって来た。

早く、お弁当を持って帰ろっと……。

軽く溜息《ためいき》を付いてドアに手を掛けようとした瞬間、教室の中から何か変な声が聞こえてくるのに気が付いた。

……なんだろう？

私はそっとドアに耳を寄せて、中の様子を窺《うかが》ってみた。

「……ん……はあ……」

……えっ⁉

中から聞こえてきたのは、女の子の切ない吐息であった。その声に驚いた私は、思わずドアにつんのめりそうになった。

「ふう、い、いいぞ……」

そして、今度は男の人の声。

こ、これって……つ、つまり、アレって……こと？

誰もいない放課後の教室で、何かいかがわしい男女の声。全く思いもしなかった展開に、私の頭は混乱を極めていた。

だ、誰が中にいるのかしら……？

好奇心に誘われた私は、中の様子を確かめようと静かに教室のドアを開いたが……。

え……⁉

教室の中をチラリと垣間見た途端、あたしは愕然《がくぜん》となってしまった。

■真樹

心地良いリズムでラリーが続く。あたしと一平ちゃんの戦いは、結構白熱したものになっていた。スコアはほとんど互角と言っていい。年中サボっているくせに、なんであたしとここまで競ることができるんだろう？

……そりゃ、一平ちゃんも高校時代からあたしと一緒のテニス部にはいたけどさ。やっぱり才能なのかな？

一平ちゃんは、少し真面目《まじめ》に練習すれば全国大会にだって行ける……と、高校時代の先生から言われていたのだ。もっとも、本人は持ち前の飽きっぽさから、更々そんな気はなかったようだけどね。

だが、大学に入ってからは真面目に練習に出ていた分だけあたしに利がある。一平ちゃんの弱点などとっくにお見通しだ。

前後左右に揺さぶってやると、圧倒的にスタミナ不足の一平ちゃんはあっさりとギブアップして、コートに大

の字になった。

「へへっ、どうしたの？　一平ちゃん」

「う、うるせー」

ぜいぜいと全身で呼吸する一平ちゃんは、憎まれ口を返す余裕すらないみたいだ。

まあ、一平ちゃんにしては頑張った方かな？

その褒美として、せめてタオルでも持って行ってやろうと思った時、不意に下半身が痺れるような刺激に襲われた。一瞬の出来事に、あたしは思わずヒザからカクンと倒れた。

「あん？　何をしてるんだ？」

一平ちゃんが怪訝そうな目を向けてくるが、あたしはそれに構わず、身体を這《は》ってくる感触に打ち震えた。アソコが焼けつくように熱くなり、淫《みだ》らな蜜《みつ》がどんどんショーツに染み入ってくる。

「ひゃアッ!?」

敏感な肉芽が何かに触られるような感覚。快感が背筋を走り、あたしは堪《たま》らず声を漏らしてしまった。

「どうした、真樹？」

あたしの声を聞いた一平ちゃんが、すぐさま傍《そば》に駆け寄ってきた。

しかし、あたしは次々に襲ってくる刺激に耐えるだけで精一杯。一平ちゃんに応《こた》える余裕など到底なかった。

「待ってろ、今、医務室に運んでやるから」

一平ちゃんは抱え上げようと、手を伸ばしてきた。

「あ、ちょっと……⁉」

あたしは慌てて身をよじってそれを拒否した。だって……ヘタをしたら、あたしのショーツがグショグショになっているのがバレちゃう。

「何を照れてんだよ。大丈夫だって、ちゃんと連れてってやるから」

事情を知らない一平ちゃんにそう言われては返す言葉がない。あたしはスカートを両脚で挟んで、できるだけショーツが露呈しないよう必死になった。

「あ、なんともないからさ、ほ、本当だって……」

「でもお前、顔は赤いし、おまけに熱だってあるじゃねえかよ」

「だからそれは……」

違うんだ……と言いたかったが、あたしは更に感じた刺激に声を詰まらせてしまった。

グリグリとクリトリスをいじられる感覚。外のヒダを丹念に触られるたびに、あたしの中から愛液が溢《あふ》れ出てくる。

絶え間なく押し寄せる快感に、あたしは唇を噛んで耐えた。まるでひきつけを起こしたかのような動きに、もはや一平ちゃんは有無をも言わさなかった。

■遼子

不意にドキドキと心臓が高鳴り、身体の火照るような興奮が私を襲ってきた。

「ん？　どうかしましたかな？」

言葉を途切らせた私に、山陽商事の部長さんが怪訝そうな顔を向けた。

……いけない。今、変な気分になるわけにはいかないのよ。

私は自分に言い聞かせるようにして、なんとか作り笑顔を浮かべた。ここは会社の中。それも課長に無理やりに命じられた、他の会社との取引の場なのだ。

「あ、いえ……なんでもありません」

「では、この二枚目の資料の説明を続けていただけないかね？」

「あ……はい……」

意識すまいと思うほど、身体に伝わってくる感覚は増大していく。

誰なのよ……こんな時に!?

この感覚は、間違いなく姉妹の誰かの感覚が伝わってきている。全く予想もしていなかった事態に、私は思わず青ざめてしまった。

だが、我慢しようとする私の意思とは裏腹に、身体は更に火照りを増していく。すでにショーツは濡れて、ブラウス越しにも乳首が立っている様子が伺える。

こんなことが隣にいる夏目に……いいえ、先方の部長さんに知れたら……。

「……どうしたんだ？　駿河くん」

私の様子に気が付いたのか、目ざとく夏目の目が光った。

「あ……い、いえ……なんでも……」

「本当に、なんでもないのかね？」

心配する様子を装いながらも、微かな笑いを浮かべた夏目は、そっと私の太股の間に手を忍び込ませてきた。

「あ、あぁん！」

突然の侵入物に、私は思わず声を上げて固く脚を閉じた。しかし、その反応は夏目の欲情を掻《か》き立てる形となってしまった。

「そんなにいやらしい声を出して……君は商談中に何を考えてるんだ？」

「あ、そ、それは……」

咄嗟《とっさ》に応えることができず、私は目を伏せて声を詰まらせた。

「な、夏目くん、これは一体どういうことかね？」

「フフ、小暮《こぐれ》部長……駿河が是非とも全身誠意を持った商談をしたいと申しましてね」

不審な表情を浮かべている部長に向け、夏目は口元を緩ませると、いきなり私のスカートを捲り上げて見せた。

「部長、これを見てください」

「おお……」

既にグショグショになっていた私の股間《こかん》を見て、部長が驚きと感慨の声を漏らす。その部長に向かい、夏目が意味深な言葉を並べ立てた。

「これが駿河の誠意です。なあ、駿河くん」

にやついている夏目を見ているうちに、何故、関係のない私がこの取引の場に呼ばれたのかを知った。この男は、最初から私を契約のための生け贄《いにえ》にするつもりだったのだ。

「い、いやあー！」

夏目の意図を知った私は、この場から逃げ出そうと慌てて立ち上がった。

「おっと、どこへ行こうというのかね？」

夏目に腕を掴《つか》まれた私は、あっという間にソファーの上に組み伏せられた。

呆然《ぼうぜん》と成り行きを見守っていた部長も、ここに来て夏目の意図を完全に理解したらしく、ゆっくりと私に近寄ってくる。

「ほう……こちらにこれだけの誠意があるとは思いませんでしたな」

「い、いやぁぁ！」

私は部長の餌食《えじき》にされると知って、身体をくねらせて激しく抵抗したが、大の男二人が相手ではかなうはずもなかった。

部長はいきなり私のスカートの中に顔を埋めてくると、ストッキング越しに舌で秘所をまさぐり始めた。すでに火照った私の身体は、自らの意思を無視して反応を始めている。

小暮部長は私の反応を感じ取ったのか、一番敏感な部分を探りあてると、その部分を舌で円を描くように責めたててきた。

「弾力も文句ないよ……この盛り上がりがまたそそるね」

「あっ…んんっ……やぁ……」

布越しに舌の微妙な動きが伝わり、自然と口から吐息が漏れてしまう。

「部長、そろそろ直にどうですか？」

「おおっ、そうだな」

部長は夏目に急《せ》かされるようにストッキングとショーツを乱暴に引き剥《は》がすと、私の足をM字型に大きく開脚させた。霰《あられ》もない姿を二人の間にさらした私は、直に部長の舌の洗礼を受けることになった。

「あっ……んふ……あ、あああっ」

部長は舌先を尖《とが》らせると、既に潤っている私の秘裂をつつくように愛撫し、勃起《ぼっき》していたクリトリスに触れてきた。夏目とは比較にならないほど、しつこく丹念に繰り返される愛撫に、私は背中を仰け反らせて耐えた。

けど、部長が唇で肥大したクリトリスを挟み込み、音を立てて吸引し始めると、私は我慢することができなくなって軽い絶頂を迎えてしまった。

「ほほう…感度もなかなか。今ので、さっそく入れたくなったよ」

「私もご一緒してよろしいでしょうか？」

「かまわんよ」

頭越しに交わされる会話は、私の想像を超えたものだった。この二人は、文字通り私を嬲りものにしようというのだ。夏目は私を抱え上げると、テーブルの上に手をついて部長にお尻を向けるように命令する。

もう、逆らう気力もなかった。大人しく後ろを向くと、部長が荒々しく私のヒップを抱え込み、膣壁《ちつへき》を押し拡げるようにして怒張したペニスを挿し込んでくる。

「うっ……あああっ……」

腰を掴まれて身体の自由が利かなくなった私は、肩で息をしながら、ゆっくりと部長のペニスを受け入れることとしか許されなかった。

「部長、どうですか？　うちの社員の具合は……」

「くっ……たまらんね……この吸い付き方」

軽い唸《うな》り声を上げながら、部長は私の具合を確かめるかのように、ゆっくりと抽挿《ちゅうそう》を繰り返してくる。ゴツゴツとした手で私のヒップを撫でまわすと、今度はお尻の穴の方にも指を挿入して刺激を与えてきた。

「あっ、いやっ……そっちは……むぐっ！」

「おっと、私の方も頼んでいるんだがね……？」

予期せぬ部分を触られて思わず悲鳴を上げた私の口に、夏目は無理やりペニスをねじ込んでくる。一気に奥まで入り込んでくるペニスに喉を刺激されて嘔吐感《おうとかん》を感じたが、頭を掴まれると顔を振って吐き出すこともできなかった。

「むぐっ……んっ……ん……」

あまりの苦しさに、目に涙がにじんだ。仕方なく舌を使って喉への負担を減らす。その間にも、部長は少しずつボルテージを上げるように抽挿を繰り返していた。

なに……これ……なんだか、普通とは違うような気がする……。

部長が奥深くまで侵入してくるたびに、何か内側から痺れるような刺激と共に快感が走り抜ける。夏目の時とは違う快感が私の下半身を覆っていた。

その私の戸惑いを感じ取ったのか、部長は背後で面白そうに笑う。

「ほほう……わかるようだな？　そうだろう……なんたって真珠入りだからな」

「真珠入りですか……さすがですね」

自慢気に言う部長に、夏目はお愛想のような相槌《あいづち》を打った。

「この味を覚えたら普通じゃ物足りなくなるかもしれんな」

「部長、それは困りますよ。うちの社員なんですから」

「おお、そうだったな……ははは」

得意顔になった部長は更に強く打ちつけてきた。

パンパンという小気味の良い音が室内に響き渡る。私はその都度ガクガクと身体を揺すられ、胸元では乳房がそれに合わせるように揺れていた。

「もう……そろそろイキそうだよ」

「部長、中でどうですか？」

急速にペースをあげてきた部長に、夏目は恐ろしいことを提案した。

私はその言葉に目を見開き、慌てて口をペニスから離そうとしたが、夏目にがっしりと頭を押さえられているためにくぐもった呻《うめ》き声しか出せなかった。

「んんっ……んっ……んくっ」

私は泣きながら首を振り、夏目と部長に懇願する。けれど、それも二人の嗜虐心《しぎゃくしん》をあおるだけでしかなかった。

「そりゃありがたい。肝心なところで抜くのは忍びないからな」

「まったくです」

二人は私の身体的な都合など全く眼中にない様子で快楽を貪り合うと、ほぼ同時に私の中で欲望を爆発させた。

■真樹

医務室のベッドに横たわるあたしを、一平ちゃんが深刻そうに眺めていた。

幸い……と言うか、医務室は鍵《かぎ》だけが開いていて中には誰の姿もなかった。校医さんがいて診察なんかされようものなら、今、あたしがどんな状態にあるのかすぐにバレてしまうだろう。

あたしの興奮は未だに冷めることなく、溢れだしてきた愛液で、すでに太股《ふともも》にまでヌルヌルの状態になっているのだから……。

「……大丈夫か？」

額に触れてきた一平ちゃんの手に、あたしの身体は過敏に反応した。抑えきれない感情が、あたしの理性をどんどん浸食してくる。

……あたし一平ちゃんに欲情してるの？

そう考えると、もう我慢ができなくなり、潤んだ瞳を一平ちゃんに向けた。

「一平ちゃん」

「うん？」

優しい顔付きで顔を寄せてくる一平ちゃんの首に手を回し、あたしはなんの躊躇《ちゅうちょ》もせずに唇を重ねた。ねっとりと舌を絡ませるキスに、一平ちゃんはしばし呆然としてあたしを

受け止めていた。

「一平ちゃん……お願い……」

ゆっくりと舌を抜きとり、首に手を回したままであたしは哀願する。

「お、お前、昨日からどうしたんだよ……一体？」

「切ないよ……一平ちゃん」

「あのな、切ないって言われても……」

戸惑うように身体を離した一平ちゃんを、あたしは下からジッと見つめる。やがて、あたしの視線に耐えかねたように、一平ちゃんは小さく頷いた。

「わかったから……そんな目で見るなって。調子が狂うじゃないか」

少し照れたように顔を背ける一平ちゃんの頬を両手で掴んで、あたしはもう一度キスをした。欲情しているからではなく、なんだか一平ちゃんが本当に愛おしくなった。

「お前……本当に俺よりエッチだな」

「そ、そんなこと……お互い様なんだから……」

少し意地悪い顔をした一平ちゃんに、あたしは顔を赤くした。

「そうかな……？」

一平ちゃんはテニスウェアを捲り上げ、スポーツブラの上からあたしの胸に触れてきた。

大学に入ってからあたしの胸は成長する一方で、お姉と未歩が羨望《せんぼう》のまなざしで見つめてくる。その豊満な胸の弾力を楽しむように、一平ちゃんは執拗に揉《も》みしだいてきた。

「ほら、お前の乳首……もう勃《た》ってるぞ」

「そ、そんなこと……はぁん」

愛撫されて反応したのか、ブラの上からでもはっきり判るくらいに乳首が勃っている。その乳首を弄ぶように摘《つま》まれたり噛んだりされると、僅《わず》かに残っていたあたしの理性は完全に吹き飛んでしまった。

「エッチな胸にたっぷりお仕置きしないとな……」

切なく声を漏らしているあたしを見ながら、一平ちゃんは胸を鷲掴《わしづか》みにして、形が変わるかと思うくらいに強く揉みあげてくる。ピクピクと震える両方の乳首を摘み上げ、口に含むとブラの上から歯形が残るくらいに噛んできた。

「んぁ……ん……くぅん……」

身体が痺れると同時にうっとりとした快感があたしを包む。

一平ちゃんがあたしのアンダーコートを脱がせて太股の間に顔を埋めてくると、その快感はより強いものになっていった。

「おまえ、もうヌレヌレじゃん……」

「いやぁ……恥ずかしい……んっ」

一平ちゃんに直に指摘され、あたしは思わず顔を背けてしまう。快感を貪るような状態になっても、羞恥心だけは失われていないみたい。

そのあたしの反応に刺激されたのか、一平ちゃんは更に舌を伸ばして割れ目をなぞり、一番敏感な部分に刺激を加えてきた。

「はぁん……一平ちゃん……そこは……」

「真樹のここ、こんなに硬くなってるぞ」

舌のざらざらした感触でクリトリスを舐《な》められ、あたしは一平ちゃんの頭を抱えたまま背中を反り返らせた。

すでに充血しきったあたしのアソコは、男のモノを求めて開閉を繰り返している。

その状態を見た一平ちゃんはそそくさと下だけ脱ぐと、昨日と同じようにあたしを自分の膝の上に抱え上げた。

太股の間から、すでに熱くそそり立った一平ちゃんのモノが顔を覗かせていた。

「そろそろ……いいか？」

「う、うん……」

あたしは頷くと、一平ちゃんのモノの上にお尻を落としていった。ゆっくりと侵入してくる一平ちゃんのモノで、あたしの中が一杯になる。

「……あンっ！」

頭が真っ白になるほど気持ちがいい。お腹の中に感じる一平ちゃんのモノの熱さに、あ

たしは思わず上擦《うわず》った声を上げた。

「はぁん……んぁ……」

「真樹……動くぞ」

そう言った途端、一平ちゃんはあたしの承諾もなしに動き始めた。下から子宮を突き上げられるたびに身体中に電気が走り、今まで以上にアソコから愛液が溢れた。

「奥に……奥にあたってる……」

あたしが譫言《うわごと》のように言うと、一平ちゃんは更に奥へと身を進めてくる。

「すげーよ真樹……お前の中……」

ギクシャクした動きでは物足りなくなったのか、一平ちゃんはそのまま倒れ込むようにあたしをベッドの上に横たえると、足をM字型に開き、今度は正常位の形で挿入してきた。

「やぁ……なんだか、恥ずかしいよぉ……」

正面から見つめられる形になって、あたしは羞恥の声を上げる。けど、一平ちゃんはそんなあたしを無視して、グッと腰を引き寄せると前後に激しく動き始めた。

「あっ……あっ……あっ」

「恥ずかしいどころか、お前のが俺のを……パックリくわえ込んで離さないぜ」

「んんぁ……一平ちゃんのバカ……はぁん……」

息が詰まって声がかすれた。あたしは無意識の内に腰を使って、一平ちゃんのモノを奥へと誘う。自慢の胸がブルブルと大きく揺れた。

「真樹、イクぞ……」

限界に達したのか、懸命に腰を打ち付けてくる一平ちゃんのリズムが徐々に早まってきた。一平ちゃんの言葉に頷きながら、あたしも自分がイキそうなのを感じていた。

「一平ちゃん……き、きてっ……」

「真樹っ……んっ」

一平ちゃんは最後に深く突き入れると、急いであたしの中から抜けていく。全身に熱い飛沫《ひまつ》を感じると同時に、あたしも終わった。

目の前に白い輝きが散って、あたしは心地良い脱力感に全身を包まれていった。

■未歩

そこにいた男女とは、裸の橋場先輩と……同じく裸の螢ちゃんだった。

今まで受けたことのないほどのショックだ。

ついさっきまで私と話していた螢ちゃんが、今では、その……先輩のを必死になってしゃぶっているんだから。

螢ちゃんって、いつの間に先輩とこんな関係になっていたんだろう……。

「……はあ、ふ……ふぅん……」

鼻に掛かった声を漏らしながら、螢ちゃんは懸命に橋場先輩のに舌を這わせていた。螢ちゃんも初めての経験なのか……その動きはなんだかぎこちなかった。

「ほら、同じ所ばかりしゃぶってないで、違うところも頼むよ」

「あ、はぁい……」

先輩に言われるまま、螢ちゃんは舐めるポイントを少しずつずらしていった。今まで先っぽの所でチロチロと動いていた舌が、今度は全体を包むように大きく動き出した。

「そうそう……裏の方までね」

「ふぁ、ふぁい……」

先輩は優しく螢ちゃんの髪を撫でて、次々と指示を出してゆく。

螢ちゃんが音を立ててしゃぶるたびに、先輩の……は赤黒く光って大きさを増していく

みたいだった。

……あ、男の人のアレって、あんなに大きくなるんだ。

初めて見る男性器に、私は思わず喉を鳴らしてしまった。知識としては知っていたけど、実物を……それも直に見るのは初めてだった。

「あはぁ……セ、センパイの、あ、熱いですぅ……」

蛍ちゃんは甘い息を漏らしながら、盛んに舌を動かしていた。チュッパチュッパといやらしく、そしてリズミカルな音が教室に響いている。

す、すごい……あんなことをするなんて……。

すっかり腰を下ろして蛍ちゃんと橋場先輩の行為を見ていた私は、いつしか自分が興奮していたことに気が付いた。

じっとりと手に汗が滲《にじ》み、息遣いもかなり荒々しくなっている。

も、もしかして……。

不安を感じながらスカートをめくり上げ、そっとパンティに指を当てると、ヌチュリとした感触が伝わってくる。

「あっ……」

思わず声を上げそうになって、私は慌てて口を手で塞《ふさ》いだ。

この湿り気は汗によるものじゃない。ねっとりと糸を引くのがわかるほど粘り気がある愛液。螢ちゃんの淫らな姿を見て、私はいつの間にか興奮していたんだ……。

そう自覚すると、私は自然とパンティに手を伸ばし、再び指を擦りつけていった。途端に、ゾクゾクとする刺激が背中を駆け抜けていく。

き、気持ちいい……。今まで何度も……今日も感じたことのある感覚だけど、心の底からそう思ったのはこれが初めてだった。

で、でも……これ以上、螢ちゃんのエッチな姿を覗き見するなんて……。

トロンとした意識の中で理性が必死に呼びかけてくるが、すっかり快楽の虜《とりこ》になっていた私はそこから動くことができなかった。

指が触れるたびに、アソコは音を立てて指に吸い付いてくる。本能に任せて指を動かしていくと、愛液は更に溢れてパンティを濡らしていった。

「あ、ああーっ！」

突然、螢ちゃんの甲高い声が聞こえてきた。

何が起こったのか恐る恐る教室の中を窺ってみると、螢ちゃんが机の上に仰向けにされて、大事な部分に先輩のを挿入された瞬間だった。

「へへっ、なんだ、初めてだったのか？」

「は、はい……あ、あんっ！」

初めて男性の受け入れた螢ちゃんは、痛みと異物感に顔を歪ませている。

螢ちゃん……初めてだったんだ……。

痛々しいほどの鮮血が結合部分から溢れている。でも先輩は、そんな螢ちゃんを気遣うことなく、まるで動物のように荒々しく腰を振っていった。

「ああっ……は、はん……ひゃっ」

螢ちゃんの口からは絶叫に近い声が漏れてくる。先輩はその声を歓喜の声として受け止めたのか、更に激しく螢ちゃんを責め立てていった。

「なんだ、初めてのわりには……ん、結構感じてるじゃないか」

先輩は更に激しく、パンッ、パンッと螢ちゃんのお尻に腰を叩《たた》きつけていく。

「んっ……ひゃあ、ああ……」

「気持ちいいのかっ、ええっ⁉」

「は……はい、き、気持ち……んっ！」

螢ちゃんは痛みのためか快楽のためか、ポロポロと涙を流している。

「そうか、オラァ！」

「ん、ああ、あーっ！」

激しく動きながら、先輩は螢ちゃんの勃起した突起部分を摘み上げた。堪らず声を上げる螢ちゃん。自分を慰めていた私も、その感触を想像して一緒に小さく声を漏らした。

この指が、もし男の人のものだったら……梨本くんのものだったら……。

頭の中に膨らんだいけない妄想は、再び上がった螢ちゃんの声によって霧散した。その声につられるように再び教室の中を覗くと、先輩が螢ちゃんの足を大きく広げるように抱え上げたところだった。

「へへっ、イッちまうか？」

「あ、はい……い、イッちゃ……ん」

「おらッ！　だったらイケよ！」

そう言って、先輩は再び激しく腰を動かしていった。だけど、螢ちゃんが甲高い声を上げて身体を痙攣《けいれん》させせると同時に、先輩もビクリと身体を震わせて動きを止めた。

「あ、あああーっ⁉」

螢ちゃんの身体がガクガクと震える。

……もしかして、これが射精……？

先輩がゆっくりと螢ちゃんから離れると、結合部分から泉が湧くように白い液体が漏れだしてきた。初めて見る猥褻《わいせつ》な様子に見とれていた私は、ふと、二人を覗き見している自分の姿に気がついた。いつまでもこんな所にいたら、見つかってしまう……。

私は立て掛けておいたカバンに手を伸ばすと、静かにその場を離れた。

■遼子

「……ただいま」

私はいつもより重く感じられる玄関のドアを開けた。

これほど心身共に苦痛を強いられ続けながらも、精神の均衡を保っている自分が不思議なほどだ。せめて、今日は早く一人になって疲れを癒《いや》したい。

それでも、居間から洩《も》れる明かりを見るとホッと心が和んだ。

ここにはいつもと同じ日常がある。もはや異世界と化してしまった会社とは違い、ここにはまだ私を温かく迎えてくれる空間が存在しているのだ。

そのまま部屋へ直行するつもりだった私は、その明かりにつられるように居間のドアを開けた。

「……ん、お帰りお姉」

居間に入ると、ソファーに転がってテレビを見ていた真樹がチラリと私を見た。

あまりにも素っ気ない態度ではあったが、そんな真樹の様子を見ていると不思議に心が安らいでゆく気がした。

今日の午後、私が犯される原因となったであろう真樹にはそれなりに言いたいこともあったが、いつもと変わらない彼女の様子を見ていると、次第にそんな気は失せていった。

だが……。

「あ、そうそう」

テレビを見ていた真樹が、不意に何かを思いだしたように起き上がると、ニヤついた表情を浮かべて私を見つめた。

「……何？」

「あのさあ、お姉ってば会社で何やってんの？」

「……はあ？」

真樹の言っていることがわからず、私は思わず眉根を寄せた。

何やってんのって……仕事に決まってるではないか。

そう言い返そうと口を開き掛けた瞬間、真樹の方から先に言葉を投げかけてきた。

「だってさ、今日もまたエッチな感触が伝わってきたから、お姉は会社で男漁りでもしてるのかな……って」

「な……⁉」

思いもよらない真樹の一言に、私は目を丸くさせた。

男漁り⁉　冗談じゃない‼

「なんで私がそんなことしなくちゃならないのよ‼」

気付くと、私は大人げなく真樹に向かって大声を出していた。

「お、お姉？　ちょっと……」

私の反応が予想外だったのか、真樹は驚いたように私を見つめた。

心のどこかでもう一人の私が制止を求めていたが、頭にカッと血が上って自分を抑えることができなくなってしまっている。

「大体、真樹の方こそ少しは自粛しなさいよっ！　本当いやらしい娘なんだからっ！」

一度は言わずにおこうと思った言葉が、堰《せき》を切ったように心の内から溢れだしてくる。

同時に、今日の午後の悪夢が頭の中に鮮明に蘇ってきた。

あの時、あんな感覚が伝わってこなければ、なんとかその場を逃げ出すこともできたはずなのだ。そうすれば、山陽商事の部長や夏目に犯されることはなかったのだ。

あの二人の理不尽な仕打ちに対する怒りが、つい真樹に向けて爆発してしまった。

「な、何よ……その言い方っ」

しばらくは呆然としていた真樹も、私の言葉に黙ってはいなかった。

「人を色ボケみたいに……だったらお姉の方がよっぽどスケベじゃない！」

「だ、誰がスケベよっ」

もう、こうなってしまったら途中で引っ込むわけにはいかなくなった。真樹も今まで以上の大声で応戦し始める。

「この数日、お姉のせいで何回エッチな状態になったと思うのよっ！」

「じ、自分のことを棚に上げて何よっ、その態度は！」

「それじゃあ、まるであたしが悪いみたいじゃないのさ！」

「そうよ、私は被害者なんだからっ！」

「あたしだって違わい！」

……と、一歩も譲らぬ状態で見つめ合った時、私達は同時にあることに気付いた。互いに原因が自分でないと言い合っていたのだ。

「ちょっと待って……今、『あたしじゃない』って言った？」

「だ、だってあたしじゃないもん」

「でも、私も違うわよ。これは誓っても言えるわ」

「……じゃあ待ってよ。あたしでもお姉でもないって……どういうこと？」

真樹がそう言って首を傾げた時、カチャリと今のドアが開いた。

ドアの向こうには、私達のケンカに気付いたらしい未歩が立ち尽くしていた。うつむいたまま顔を赤くして、今にも泣き出しそうな表情を浮かべている。

……って、まさか。

「ごめんなさい……」

「え……もしかして……」

驚いたような表情を浮かべて、真樹が未歩を見つめた。未歩はその言葉にビクリと肩を震わせると、再び囁《ささや》くように言った。

「ごめんなさい、私のせいで……ごめんなさい」

何度もごめんなさいを繰り返しながら、未歩はその場で泣き崩れてしまった。

そうか……そういうことか。

まさか今回の原因が、未歩にあるとは思いもしなかった。考えてみれば、未歩も女の子だものね。いつまでも子供でもないし……これでは怒ることもできなくなってしまった。

「……私、こんな能力……いらないよ。……もう、嫌だよぉ」

まるで消えてしまいそうなほど弱々しく涙を流す未歩は、しゃくり上げながら訴えてくる。私はそれに答えることができず、無言で未歩を抱きしめた。

そう……私達には、この能力をどうすることもできないのだ。

「ごめんなさい、お姉ちゃん……」

「バカね、泣くことないじゃない。お姉ちゃん達だって、いつも未歩に迷惑かけてるもの……これでおあいこじゃない」

胸元に顔を埋める未歩の頭をそっと撫でた。

さすがの真樹も、今回ばかりは文句も言うことも軽口を叩くこともできないようだ。私の胸で泣く未歩を複雑そうな笑みを浮かべて見つめていた。

第四章　困惑の果てに

■未歩

「ねえ……ひょっとして、まだ身体の調子が悪いの？」

お昼休み。

螢ちゃんの問いに、ぼんやりとパンを齧《かじ》っていた私はハッと顔を上げた。

「え……？」

「なんか、朝から元気ないじゃない、未歩……」

「う、ううん……そんなことないよ」

ジッと見つめてくる螢ちゃんから思わず目を逸《そ》らし、私は慌てて首を振った。意識してはいけないと頭ではわかっているけど、どうしても後ろめたい気分になってしまう。

……だって、私は螢ちゃんのあんなところを見てしまったんだから。

ふと、私の脳裏に昨日の光景が浮かび上がった。

あれは本当に現実のことだったんだろうか？　螢ちゃんは朝からいつも通り元気で、その様子には僅《わず》かな変化も見えなかった。

「ホラ、何があったのか言ってみなさいよ」

私の様子を見て、螢ちゃんは更に迫ってくる。

「あ……本当になんでもないよ」

言え、と言われても素直に喋《しゃべ》ることのできる内容じゃない。できるだけ平静さを保ちながら、私は螢ちゃんに笑顔を向けた。

「そうなの？　なんか顔色が悪かったからさ」

「だ、大丈夫だよ……私は」

……もし、本当にそう見えるとしたら、それは私自身の自己嫌悪のせいだろう。

昨日は螢ちゃんのエッチな姿を覗《のぞ》き見した上に、私自身まで妙な気分になってお姉ちゃん達に迷惑を掛けてしまった。

思い返しただけでも情けなくなってしまう。

「だって、今日は珍しくお弁当じゃなくパンを食べてるしさ」

「あ……」

螢ちゃんの言葉に、私は持っていたパンに視線を落とした。

昼食がパンになってしまったのは、結局、お弁当箱を持ち帰ることができなかったから
だが、本当の理由を話すわけにはいかない。

私は、たまにはね……と誤魔化した。

「なんだあ。なんか暗い顔してたからさ、来ないのかな～と、思ったんだけど」

何が……と、問い直そうとした私は、ニッと笑う螢ちゃんを見てその意味を理解した。

途端に顔が燃えるように熱くなる。

螢ちゃんは、その……生理の話をしているのだ。

「あたしはてっきりナッシーと……」

「そ、そんなんじゃないよ～！」

「……え？　何？」

ふざけあっていた私達の背後から、突然、当の本人である梨本くんが顔を覗かせた。

「わあっ！」

「今、誰か呼ばなかった？」

「え⁉　あ、だ、誰も呼んでないわよ。ね、未歩？」

「あ、う、うん！」

うろたえながら私を見る螢ちゃんに、私も力一杯頷《うなず》き返す。どうやら話の内容は聞かれていなかったみたいだけど、バツが悪いことこの上ない。私達は必死そのものだった。

「そう……じゃ、聞き間違いだったのかな？」

梨本くんはそう呟《つぶや》きながら、首を傾げて不思議がっていた。


昼食を食べ終えた後、手を洗って教室に戻ってくると、教室の前に見覚えのある人物が立っていることに気付いた。

「あ……橋場先輩？」

思わず呟いた私の声に、先輩はこちらに振り返って不思議そうな顔をした。

「ん、君は俺のことを知ってるの？」

「あ……え、ええ」

私はそう頷きながらも、直接には面識がなかったことを思い出した。

仕方なく螢ちゃんの友達であることを説明したが、先輩の顔を見ていると、どうしても昨日の情景が思い出されていく。

あ…ダメ！　覗いてたのがバレちゃう。

私は必死になって昨日の記憶を頭の隅に追いやった。

「へえ……里中さんの友達か」

「はい。そ、それで……あの、け、螢ちゃんに用ですか？」

「うん？　……いや、そうじゃないんだけど」

先輩は不意に言いよどむと、私をジッと見つめた。

「あ、あの？」

「駿河さん、だったね？　ちょっと里中さんのことで話があるんだけど……いいかな？」

「え？　螢ちゃんの話……ですか？」

思いがけない先輩の言葉に私は思わず声を上擦《うわず》らせた。

「うん。ちょっと駿河さんからも聞いておきたいと思って……ね」

なんだろう、螢ちゃんの話って……。

や、やっぱり昨日のあれと何か関係があるのかな？

息を詰まらせながらあれこれと危惧《きぐ》をしていると、橋場先輩がグイッと顔を寄せてきた。

「それで……いいかな？」

「あ、はい。わ、私でよければ……」

私が小さく頷いて了承すると、先輩はホッと安心したような表情を浮かべた。

「それじゃ悪いけど、そうだな……今日の六時にここの教室で待っててくれないかな？」

「え？　六時って……放課後のですか？」

「うん……ちょっとあまり人に聞かれたくない内容なんでね」

「あ、はい」

放課後の教室……か。

一瞬、湧き出たイメージを、私は頭を振り払って回避した。

「じゃ、そういうことで頼むよ」

そう言い残すと、橋場先輩は立ち去っていった。

その後ろ姿を見送りながら、私は何故か嫌な予感が沸き起こってくるのを感じていた。

■真樹

お姉の様子がおかしいような気がする。

相変わらずの学食で一平ちゃんと昼食を食べながら、あたしはぼんやりと昨日のことを思い返していた。

結局、夕方にエッチな気分が伝わってきたのは意外なことに未歩のせいだったけど、午前中のもそうだったんだろうか？

それに、その前は？

どうも最近になって、エッチな気分が伝わってくる回数がやたらに増えたような気がする。最初はお姉に男でもできたのかと思ってたけど、それにしては様子が変だ。

昨日だって、あたしの言葉にあれだけ過敏に反応してきたし……。

「……ん？」

にゅっと昼食のトレイに伸びてくる手が視界に入って、あたしは一時思考を中断させた。

横から一平ちゃんが手を伸ばして、あたしのエビフライをさらいに来ているのだ。

「こらっ！　何すんのよっ」

あたしが反射的に箸《はし》で手を突くと、一平ちゃんは慌てて手を引っ込めた。

まったく……油断も隙《すき》もあったもんじゃない。

「いや、お前のそのエビがすんげー美味《おい》そうに見えてな」

「だったら自分で頼めばいいでしょうがっ。このエビを取られたらあたしのメインがなくなっちゃうじゃないよ」

あたしはそう言って、目の前のエビフライ定食を両手でガードしたが、一平ちゃんはなおも未練がましそうな視線を送ってくる。

「う〜ん、じゃあ、こうしよう。お前がエビをくれた暁には、俺のカレーに入ってる人参を進ぜよう」

「いるかっ、んなモン！」

「あのなあ……俺は真樹のことを思って、この栄養価の高い人参とそのコレステロールの塊を交換してやろうと言っているんだぞ」

「そこまで健康に気を使ってないからご心配なくっ」

これ以上の鬱陶《うっとう》しいやりとりはゴメンだ。あたしはその元凶となったエビフライを箸で摘《つま》み上げると、一気に口の中に放り込んだ。

「ああっ、俺のエビがー！」

一平ちゃんはがっくりと肩を落とした。

人のエビフライにここまで執着するか、普通……。

できることなら会社を休みたかった。

このままズルズルと際限のない地獄に引きずり込まれることがわかっていながら、自ら虎口になど飛び込みたくはない。けど、休んでもなんの解決にもならないことも十分に承知している。それに私には養わなければならない妹が二人もいるのだ。

それなら、いっそ恥も外聞も捨てて警察に駆け込もうか？

何度かそう思ったが、相手は今までに何度も問題を起こしている夏目なのだ。ヘタをすると、私一人が泥を被って事件はうやむやになるという可能性すらある。

せめて、美咲さんに相談できれば……。

私はふと、空いている美咲さんの席を見つめた。彼女は今日、朝から夏目に命じられて他の部署の手伝いに行っている。

……いや、やはりそれは美咲さんを巻き込む恐れがある。

だからこそ、心配してくれた時にも何も話さなかったのではないか。

「ふう……」

どんなに思考しても、結局は袋小路に行き着いてしまう。何か打開策を考えなければ、私は永遠に夏目の慰み者となってしまうのに……。

「駿河くん」

ぼんやりと考えごとをしていた私は、不意に肩を叩《たた》かれ、仰け反りながら振り返った。

「やあ、驚かせてしまって悪かったね」

そこには当の夏目が、相変わらずニヤついた笑みを浮かべて私を見下ろしている。

私は憎悪の余り、相手が課長であることも忘れて睨《にら》み付けた。

「おいおい、そんなに怖い顔をしないでくれよ」

夏目はそう言っておどけたが、私は表情を崩さずに凝視を続ける。この男にだけは隙を与えてはいけないのだ。

「……それよりも、駿河くん。今日の分の処理はもう終えているかな？」

夏目は口調を改めると、私の使っていたコンピュータの画面を覗き込んできた。

つい余計なことばかり考えてしまって、仕事はいつもよりも進んでいない。私が首を横に振ると、夏目は困ったな……と如何にも困窮しているように頭を掻《か》いた。

「いや、実はそのデータが明日の朝一の会議で必要でね。悪いけど、それ今日中に処理して……そうだな、ついでに印刷して二十部ほどコピーしておいてくれないか」

「えっ⁉」

突然、残業を告げられた私は思わず驚嘆した。それと同時に、また恐怖感が身体中を支配し始めている。残業が何を意味するのか……考えるまでもないことだ。

「じゃあ、頼んだよ駿河くん」

それだけ言うと、夏目は行ってしまった。

立場上、拒否することはできない。私にできることは、一刻も早く仕事を終えて、夏目に付け入る隙を与えないうちに帰ってしまうことだけだ。

とりあえず、私は目の前の仕事に集中することしかできなかった。


ようやく打ち込み終わったデータをプリントアウトした頃には、オフィスには私一人しか残っていなかった。窓の外では、何時しか夕陽を覆うように立ちこめた暗雲が雨を降らせている。その空模様と同様に私の心も重く暗かった。

あれから夏目は姿を見せない。今のうちに命じられた資料をおいて、さっさと退社してしまおうか？

そう考えながら、プリンターから刷り上ったばかりの資料を取ろうと席を立った途端。

「……やあ、終わったようだね？」

「きゃっ⁉」

夏目がいつの間にか背後に立っていた。

完全に虚を突かれて困惑する私を満足そうに見つめた後、夏目はほくそ笑みながらゆっくりと近付いてくる。

……やはり、私はこの地獄から逃げ出すことができないのだろうか？

「どうしたんだい？　真っ青になって」

「い、嫌……」

迫り来ようとしている恐怖に身を竦《すく》ませていると、不意に夏目が立ち止まった。

「……駿河くん、何をそんなに怯《おび》えているんだい？」

いつもよりやや声のトーンを下げ、夏目が呟いた。

「そんなに疲れているのなら、給湯室でお茶でも飲んできたらどうだい？」

……どうも様子が変だ。

いつもなら、もっと強引に迫ってくるはずなのに、今日はやけに余裕のある態度だ。訝《いぶか》しむ私を夏目は面白そうに見つめた。

「周防くんが……お茶を淹《い》れてくれると思うよ」

美咲さん……？　どうしてここで美咲さんの名前が出てくるの？

そう考えた瞬間、戦慄《せんりつ》が身体を駆け巡っていった。

ま、まさか……!?

そして私は夏目を押しのけ、力の限り全力で給湯室へ駆け出した。

■未歩

放課後……。

図書室で時間を潰した私は、先輩との約束通り六時に教室に戻ってきた。教室には誰の姿もなく、どうやら先輩もまだ来ていないようだ。

本当に……これで良かったのかな？

螢ちゃんには用事があると言って先に帰ってもらったけど、なんだか嘘《うそ》をついているようで心苦しかった。

でも、もし先輩が螢ちゃんとのことで何か訊《き》きたいのであれば、二人の付き合いのためには協力した方がいいような気がするし……。

まあ、すべては先輩の話を聞いてからだ。

とりあえず自分の席に座ろうと教室を歩き始めた時、不意に後ろのドアが開いて先輩が入ってきた。

「あ、ゴメン。待ったかな？」

「いえ、私も今来たところですから」

「そうか……じゃあ、早速で悪いけど本題に入ろうか」

橋場先輩は口元を緩めながら近付いてくると、すぐ側《そば》まで来て私を見下ろす。一体、何を訊かれるんだろう……と、私は息を呑《の》んで先輩の次の言葉を待った。

「いや、話ってのはさ……」

「は、はい」

「話ってのは……こういうことだよっ！」

先輩は突然、私に覆い被さってきた。後ろから羽交い絞めにされ、私はわけもわからず必死に抵抗した。

「きゃっ！　やっ……」

「……オラッ！　暴れるんじゃねえよ！」

私がいくらもがいても、先輩は渾身《こんしん》の力でねじ伏せてくる。私は身動きが取れなくなり、あっという間に身体を振るわせることすらできなくなっていた。

「ど、どうしてっ……け、螢ちゃんの話は⁉」

「話？　……ああ、話な。いいぜ、してやっても」

私の身体を捕まえたまま、先輩はニヤッと笑いを浮べた。まるで獲物を狩るような先輩の目に、私は背筋が凍り、急に全身の力が抜けてゆく気がした。

「フッ……本当にバカな女だったよなアイツは。こっちがちょっとその気を見せたら、すぐにヤらせてくれてよ」

「なっ……」

「まあ、初モンだったってこと以外はどうでもよかったな。舌も満足に使えてねえしよ」

「そ、それじゃ……け、螢ちゃんは……」

「あン？　……そんなことよりも、自分の心配をしたらどうだ？」

「キャッ⁉」

強引に私のブラウスを掴《つか》んだ橋場先輩は、無理やりにそれを引き裂いていった。ボタンが弾《はじ》け飛び、前が開いたブラウスの間から胸がさらけ出された。

「ふうん、小さなおっぱいだねえ、駿河さんは」

「いやあっ！　や、やめてっ！」

耳元で囁《ささや》く先輩に、私は大声で喚《わめ》き散らした。自然に涙が浮かび、羞恥《しゅうち》と嫌悪感で気が狂いそうな思いだった。

「うるせえっ！　あんまりうるせえと……殺すぞ」

地の底から響いてくるような声が、私の脳に直接響いてくる。先輩は本気だ。本当に殺されないまでも、ただでは済まされないという雰囲気がひしひしと伝わってくる。

私は恐怖と悔しさで身体を震わせ、目からは止めどなく涙が溢《あふ》れてきた。

この人は螢ちゃんをだましていたんだ……。

そして、今度は私までも……。

「そうそう、そうやって大人しくしてろよ。もうすぐお友達の螢ちゃんと同じようにして

生徒一同
までにしてください。
生徒会
清掃場所と内
各階の教室…
各階の廊下…
＊ワックスがけは
＊ワックス、廊下
藤本まで。

やるからよ」

嗚咽《おえつ》混じりの私を嘲るように、先輩は低い声で笑った。

と、その時。

ガラッ！

不意に教室のドアが開き、私達は一斉に振り向いた。

「あ……」

「け、螢ちゃ……」

教室に入ってきたのは……螢ちゃんだった。

あまりにも異常な状態で顔を合わせたために、私達はお互いに声も出せず、それぞれの状況を把握するので精一杯だった。

「……ど、どういうこと？」

しばしの沈黙の後、螢ちゃんが掠《かす》れた声で訊いてきた。

「あ……いや、これは……」

螢ちゃんがゆっくりと近付いてくると、橋場先輩は少し狼狽《うろた》えながら私から手を離した。

私は慌てて両手で胸を隠し、その場にうずくまった。

「ねえ……どういうことなの⁉」

詰め寄ってくる螢ちゃんの声が段々と強くなってきた。その瞳には、憎悪の色すら浮か

び始めている。触れるものを切り裂くような、そんな鋭い視線が私達に向けられた。

「ちゃんと説明してよ！　どうして未歩と先輩がこんなことしてるのよ！」

「あ……いや、これは……」

さすがの先輩も、螢ちゃんの勢いに言葉をなくしてゴクリと喉《のど》を鳴らした。

「あれ、誰かいたの？」

螢ちゃんの背後から、緩やかな間延びした声が聞こえてくる。聞き覚えのあるその声に、私は衝撃を感じて身体を硬直させた。

この声は……。

「あ……」

螢ちゃんの後ろから姿を見せたのは梨本くんであった。あられもない姿の私と先輩を見比べ、梨本くんは口を半分開きながら目を見張っていた。

な、梨本くんが……どうして⁉

私は呼吸をするのも忘れるくらいに梨本くんを凝視した。よりによって梨本くんに、こんな格好を……いえ、こんなところを見られるなんて。

そう思った途端、身体が震えてカチカチと歯が鳴った。なんとかここまで保っていた理性が、音もなく崩れていくのを感じた。

「あ、す、駿河……さん？」

わなないている私に、梨本くんがゆっくりと近付いてくる。

……その時、頭の中がフッと白くなり、抑えきれない感情が込み上げてきた。

「い、いやぁーっ！」

気が付くと、私は螢ちゃんや梨本くんを突き飛ばして教室を飛び出した。

「駿河……わっ！」

「未歩っ……!?」

背後から誰かの声が追い掛けてきたが、私は無我夢中で走り続けた。堪《こら》えきれない緊迫感と絶望感から逃げ出したのだ。

学校を飛び出し、いつの間にか降り始めた雨の中を疾走し続けた。涙で濡《ぬ》れたのか、雨で滲《にじ》んだのか、視界がぼやけて何も見えなかった。

……とにかく誰もいない場所へ身を隠したい！

今の私を動かす力は、そんな思いだけであった。

もう何も考えられない。

もう何も聞こえない。

もう何も感じられない。

完全に……何かが壊れてしまった。

■遼子

転がり込むように給湯室へ入ると、そこでは信じられない光景が広がっていた。

「よお、これはこれは駿河さん」

私は自分の目を疑った。そこでは課内の先輩である小林《こばやし》さんが、美咲さんの衣服を引き剥《は》がしている最中であった。周りには、やはり同じ課の織田くんや坂本《さかもと》さんが、目を丸くした私を見つめてニヤニヤとした笑みを浮かべている。

……まさか、こんなことって。

「ホラ、君のお友達がやってきたよ、周防さん」

坂本が美咲さんの髪を鷲掴《わしづか》みにすると、私の方を振り返らせた。

「み、見ないで……‼」

私に気付いた美咲さんは、涙に濡れた顔を振って視線を逸らした。

「やあ、これから自分の友人が嬲《なぶ》られるってのはどんな気分だい？」

その時、私より少し遅れて夏目が給湯室に入ってきた。

「いくら君でも、さすがにこの人数だと厳しいと思ってね。それでお友達を増やしてあげることにしたんだが……」

と、夏目は美咲さんを一瞥《いちべつ》した。

「とりあえず彼女もやる気十分みたいだし……どうだい？　面白そうだろう？」

「くっ……!?」

私は渾身から憎悪を込めて夏目を一瞥した。

私だけならまだしも……美咲さんにまで手を出したのがどうしても許せなかった。思わず夏目に対して手が出そうになった時、不意に美咲さんの悲痛な声が聞こえてきた。

「いやーっ!!」

ハッとそちらに振り向くと、男達は更に彼女から残りの衣類を奪い取ろうとしていた。

「み、美咲さん!?」

思わず私は彼女のところへ身を乗り出したが、背後から夏目に腕を掴まれ、動きを封じられてしまった。私はなり振り構わずに暴れたが、どうしても夏目の手を振り払うことはできなかった。

「もう止めてっ！　これ以上美咲さんに酷《ひど》いことしないでっ！」

私は男達に憎悪と懇願の目を向けながら力任せに叫んだ。だが、私に向けられた男達の顔は、いずれも薄い笑みを浮かべたものでしかなかった。

信じられない。いくら夏目にそそのかされたにしても、ずっと机《つくえ》を並べて一緒に仕事をしてきた同僚なのに……。

「君が彼女の代わりになると言うのなら、彼女を解放してあげてもいいがね」

夏目が私の耳元で囁いた。私が美咲さんの代わりに……!?

「別に僕達はどっちでもいいんだよ。ねえ？」

「まあ、お前は穴だったらなんでもよかろうによ。アハハハッ！」

あまりの条件に私が目を伏せて躊躇《とまど》っていると、他の男子社員達が夏目に合わせるように下品な笑みを浮かべて頷いた。

「……さて、どうする駿河くん？　このまま友達を見殺しにする気かい？」

決断を迫るように囁いてくる夏目に、私は答えを返すことができなかった。美咲さんを見捨てるようなことはしたくない。だが、その代わりになれと言われると、どうしても素直に頷くことができなくなってしまう。

理性と本能の葛藤に、私は決断を下すことができなかったのだ。

「へっへっへ、それじゃあよろしく頼むわ、周防さん」

「い、いやあーっ！」

美咲さんの悲痛な叫びに、私は彼女を正視できずに目を逸らしてしまった。

「おいおい、それでも友達かよ。ひでえなあ」

「まあ、それが正しい判断かもしれないけどね」

そんな私の姿に、男子社員達は再び下劣な笑い声を上げた。

……悔しかった。男達にというよりも、むしろ自分自身に腹が立った。美咲さんを守ろうと思っていたものの、結局は私は自分のことしか考えられなかったのだ。

「どうやら駿河くんは、身代わりになるのが嫌らしいな。仕方がない。周防くんに頑張ってもらうしかないか」

許して……美咲さん……。

悔しさと惨めさに、私は唇を噛《か》みしめて咽ぶように涙を流した。

「やぁ……お願い……助けて……」

私の助けがないことを知って、美咲さんは激しく抵抗を試みたが、男が三人がかりで襲いかかると為す術《すべ》はなかった。あっという間に下着を剥ぎ取られてしまい、強引に給湯室のテーブルの上で四つん這《ば》いにさせられた。

「ほら、もうちょっとケツ上げて！」

まるで動物を教育するように、小林が美咲さんのヒップを殴りつけた。

白い美咲さんの肌がみるみるうちに赤く腫《は》れ上がる。その痛みに耐えかねたのか、美咲さんは観念したように小林の言葉に従い、恐る恐る腰を持ち上げていった。

「それじゃいきますよぉ……んっ」

小林は反り返った自分自身を、躊躇いもなく美咲さんの中へ挿入していった、

「あっ……ああっ！」

美咲さんの中に完全に入りきるやいなや、小林は即座に腰を動かして激しい挿入を繰り

返していった。相手のことなど欠片《かけら》ほども考えていないような、荒々しい動きだ。

「はぁん……いやぁ……はぁん」

「周防さん……あったかくて……いいぜ」

小林は角度をつけ、美咲さんの腰を突き上げるように彼女の中を貪っていく。ペニスが一番感じる部分を刺激し始めたらしく、美咲さんは快感を堪えるように涙を流し続けた。

「目の前でお尻の穴がパクパクしてるのが丸見えだね」

「いやぁ……見ないで……ああんっ」

小林が恥ずかしい言葉で責めるたび、美咲さんの身体はほんのりと赤みを増していくように感じられた。口から甘い吐息がこぼれ始めている。

小林の抽挿《ちゅうそう》のペースが次第に早くなり、美咲さんの息遣いも段々荒くなっていく。

「あああぁっ……もう……だめぇ……」

美咲さんは身体を硬直させて背中を反り返らせると同

時に、小林は眉根《まゆね》を寄せて最後の一突きと言わんばかりに腰を突き出した。

「んっはぁぁぁぁん！」

美咲さんが絶叫を上げる。

小林は自らのペニスを抜き出すこともなく、美咲さんの中に精を放出していた。


入れ替わり立ち替わり、充分に美咲さんを弄《もてあそ》んだ男達が去り、給湯室には私と美咲さんの二人っきりとなった。

まるで抜け殻のように呆然《ぼうぜん》とする美咲さんに、私は声も掛けることすらできなかった。あそこで私が躊躇さえしなければ、こんなことにはならなかった。

結局、私は自分のことしか考えられない最低の女だったのだ。

……天井を見上げていた美咲さんが、ふと私の方に顔を向けた。その表情は悲しみに包まれていながらも、何故か安堵《あんど》に満ちていたようにも見えた。

「み、美咲さん……私……」

「……………………」

言葉を投げ掛ける私に、美咲さんは無表情のまま頷いた。

そのまま、私達は時が止まったようにそこから動くことはなかった。

第五章　衝撃と疑惑

■真樹

昨日から降り始めた雨は、今日になっても一向に衰える様子はない。

こんな雨の日は家で大人しくしているのが一番。

……なんだけど、生憎《あいにく》と今日は朝からの講義の日。おまけに代返の利かない教授の講義だから、嫌でも出てこなければならなかったのだ。

「なあ、真樹……」

大教室の窓から恨めしげに空を見上ていると、隣に座っていた一平ちゃんが何かを企んでいるような目であたしを見つめてきた。

「この雨じゃ、部活はないだろう？　だったら……」

「遊びに行く話だったらパス」

先読みして答えると、一平ちゃんは「え～？」と不満そうな顔をした。どうやら図星だったようだ。

この雨の中を遊びに行くような気分ではないし、あたしには面倒《めんどう》だが用事がある。

「今日はバイトの日だからね」

「バイト？　お前バイトなんかしてたっけ？」

「この前からね」

そう……あたしは先週からコンビニで週に二度バイトをしているのだ。雨の中を行くのは面倒なことだが、こちらも大学同様に休むことはできない。

「バイトかぁ、それじゃ仕方ないな」

一平ちゃんは溜息《ためいき》をついて、諦《あきら》め顔になった。学生としてはあるまじきことだが、講義は平気でサボろうと誘うくせに、バイトだというと大抵は納得してしまうものである。

「それに……」

と、言い掛けた言葉をあたしは思い直して呑《の》み込んだ
実は、バイトの前には一度家に戻ろうと思っていたのだ。

昨日から部屋に閉じこもったままの未歩は、今日、頭痛がするとかいって学校を休んでいる。何があったのか知らないけど、あんな未歩を見るのは初めてだった。

原因がわからないからどうすることもできないけど、なんとなく一度様子を見に帰った方がいいかな……と考えていたのである。

お姉はお姉で相変わらず元気がないというか、どうも様子が変だし。

……ったく、どうなってるんだろうね。あたしの姉と妹は。

元気なのはあたしだけ……でもないか。

相変わらず降り続ける雨を見ると、あたしまで憂鬱《ゆううつ》な気分になってきた。

■未歩

朝から何度も浅い眠りを繰り返しているうちに頭痛はなくなっていた。

ゆっくりとベッドから起き上がって窓の外を見ると、相変わらず雨が降り続いているようだった。けど私には関係ない。どうせ、今日はずっと家の中にいるんだから。

でも……明日は？

チリリと胸の奥が痛んだ。

今日は学校を休んでしまったけど、ずっとこのまま家に籠《こも》っていることはできない。嫌でも梨本くんや螢ちゃんと顔を合わせなければならない時が来る。

その時……私は、どんな顔をすればいいの？

ふと、そんなことを考えて、私は溜息を漏らしてしまった。

時間が経つに連れて、先輩に襲われたショックは少しずつ薄らいできている。

でも、それとは逆に、その場面を梨本くん達に見られてしまったという衝撃は、なかなか消えてくれそうにもなかった。

再び窓の外に目をやると、雨はさっきよりも小降りになっていた。

……ちょっと、外を歩いてみようかな。

不意にそんな思いが頭をよぎる。誰も居ない家にジッと籠っているよりは、少しは気が晴れるような気がしたのだ。

静かに降り続ける雨の中を、私はあてもなく歩き回った。

昨日から降り続けている雨のために排水が追い付かないのか、道路のあちこちに大きな水たまりができている。

私はその水たまりを避けるように歩きながら、気付くと駅の近くまで来ていた。

腕時計を見ると、午後二時過ぎ。

まだこの時間ではお姉ちゃん達は戻ってこないだろう。

そんなことを考えながら、ぼんやりと駅の周辺を見回していると、正面から歩いてくる人影に気付いた。その人は傘も差さずに雨の中を濡《ぬ》れながら歩いている。

……昨日の私も、ちょうどこんな感じだったんだろうな。

あの時は頭の中が真っ白になって何も考えられなかった。ただひたすら、梨本くんや螢ちゃんから遠ざかりたいという気持ちで一杯だった。どうやって家に帰ってきたのか記憶もないぐらいだ。

覚えているのは、顔に当たる冷たい雨の感触。

……なんだか雨に濡れた人を見ていると、昨日のことを思い出して気まずくなってしま

った。傘で顔を隠し、早くすれ違ってしまおうとした瞬間、

「駿河さん？」

不意に、その人影が私の名前を呼んだ。

その声に思わず顔を上げた私は、声の主を見て驚いてしまった。

「……あっ⁉」

目の前でずぶ濡れになっていたのは……梨本くんだった。

「な、梨本くん……どうして、ここに？」

「ちょっとね。でも、偶然会えて良かったよ」

雨に濡れた髪を掻《か》き上げながら、梨本くんはいつもの笑顔を私に向けた。

「偶然って……もしかして」

「住所しかわからなかったからね。これから、どうしようかと思っていたんだ」

……え？

それってまさか……私の家に来ようとしていたの？

え……でも、どうして？

それに、まだ授業の途中じゃなかったっけ？

さっき時間を見た時は、まだ学校の終わる時間ではなかったはず。

「……うん。実は、ちょっと抜け出して来ちゃった」

私の頭に次々と浮かび上がってくる疑問を察したように、梨本くんは指で頬《ほお》をかきながら、少し照れたように呟《つぶや》いた。

「どうしてそんなことを？」

と、問うまでもない。真面目《まじめ》な梨本くんが、授業を抜け出してまで私を訪ねて来てくれたのだ。たぶん……私のことを心配して。

「で、でも、傘も差さずに……」

私はハッと気付いて、持っていた傘を梨本くんに差し掛けたが、すでにずぶ濡れになっているので、余り役に立ちそうにはなかった。

「傘、持たずに出て来ちゃったからな」

「……あ、私の家近くだから、ついてきて」

「で、でも……」

「でもじゃないよ、風邪引いちゃうよ！」

私は濡れた梨本くんの制服を掴《つか》んで強引に引っ張った。こんなこと、いつもの私なら絶対できない行動だろう。

でも、もし梨本くんが風邪でも引いちゃったりしたら……。

そう思うと私は気が気ではなかった。

■遼子

降り続く雨の中、私は傘を差して公園内を歩いていた。

今日の午後になって、不意に夏目が取引先へ書類を届けて欲しいと言ってきたのだ。

咄嗟《とっさ》に、夏目と共に私を陵辱した山陽商事の部長のことを思い浮かべて動揺したが、その取引先というのは全く別の会社であった。

だとすると、これは純粋に仕事上の命令なのか。

私は一抹の不安を覚えながらも、渡された書類を持って会社を出た。電車に乗って指定された駅で降りる。奇しくもそこは私の家がある駅であった。

こんな場所に、取り引きしている会社があったのだろうか？

私は思わず首を傾げたが、この辺りの地理には精通している。渡されたメモの住所を頼りに、近道して公園の中に足を踏み入れた。

本来は通り抜け禁止になっているのだが、近所の人はかなり時間を短縮できるという理由から、時折利用しているようだ。私も滅多に通ることはなかったが、今は少しでも早く夏目の使いを済ませてしまいたかった。

けど……失敗だったかな。

公園内の未舗装の道は雨でぬかるみ、パンプスはいつの間にか泥にまみれている。

私は溜息をつきながら、少しでも早くこの場所を通り抜けようと足を速めた。

「……ん？」

と……反対側から歩いてくる男に気付いた。

この雨の公園を好んで歩いている人が私以外にいるなんて……。

そんなことを考えながら、何気なく、近付いてくる男の顔を見た瞬間。私は驚愕《きょうがく》して、思わず足を止めてしまった。

「ど……どうしてあなたが……!?」

男は夏目だった。会社にいるはずのこの男が、どうしてこんな場所にいるんだろう？

「答えは簡単さ」

私の疑問を理解したかのように、夏目は口元を緩めたまま言った。

「君が会社を出て行ったきりなかなか戻ってこない。だからこうして様子を見に来た。それで充分だろ？　しかし、君がここを通って来てくれて良かったよ。違う道を使われていたら、完全に会えなくなってしまうところだったからね」

「戻ってこない……って」

私は会社から最短距離でここまで来たのだ。時間にしても一時間と経っていない。むしろ、私よりも早くこの場に来ることのできた夏目の行動こそ不審に思える。

「な、何が目的なんですっ!?」

「目的？　そうだな……強いて言えば、知り合いに見られるかもしれないが、こういう場所もたまにはオツじゃないかと思ってね」

……場所？

そう考えた途端、夏目は私に近付いて腕を取ると、公園の端にある草むらへと強引に引きずり込んだ。

「あっ……！」

手にしていた傘や書類が雨の公園に転がり、一瞬それらに気を取られた隙《すき》をついて、夏目は私を押し倒してきた。冷水がじわりと服を濡らして肌を刺激する。

「し、書類はどうするんですかっ⁉　その書類が必要ではなかったのですか！」

私が詰問すると、夏目は足元に舞い散った書類に目を落とし、冷ややかな笑いを漏らしながら靴で踏みつけた。

「まだわからないのかい？」

「な……⁉」

私をここまで誘い出す……それだけのために？

改めて問い直すまでもなかった。夏目は倒れた私に近付くと、泥水に濡れることも厭《いと》わずに襲いかかってきた。

「ああ……いやっ……！」

夏目は私の制服の前を強引に開くと、ブラジャーを押し上げて胸を露出させた。

特殊な場所であることに興奮しているのか、夏目はいつもよりも息を荒くして乳房を鷲《わし》掴《づか》みにしてくる。

「うっ……くっ……」

指で乳首を摘《つま》み上げられ、胸全体の弾力を楽しむように揉《も》まれた。お乳を絞るように強く胸を掴まれると、充血しきった乳首がピンと起き上がった。

ピクピクと脈を打つようにそそり立つ乳首を見て、夏目はニヤリと口元を緩めると、顔を近付け乳首にむしゃぶりついてきた。

「はぁん……だめぇ……」

粘り気のある唾液《だえき》を舌で乳首になすりつけ、夏目は口で私の胸を愛撫《あいぶ》する。舌の先でグッと乳首を胸の中へ押し込み、甘く噛《か》んでみたりと様々に私の胸を舌先で弄《もてあそ》んでくる。

キスマークがつくほどにきつく胸を吸い付けた夏目は、やがてゆっくりと胸から口を離すと、ズボンのジッパーを引き下げた。

「もっとゆっくりやりたいところだが、このままでは風邪を引きそうだな」

そう一人ごちて、夏目はズボンの中から赤黒く怒張したペニスを、私に見せつけるように引っ張り出した。

■未歩

私は梨本くんを家の中へと招き入れると、急いでバスタオルを持ってきた。

「あ、あの……これ使って……」

「うん、ありがとう」

そう頷《うなず》いた梨本くんの全身からは、ポタポタと雫《しずく》が滴っている。一瞬、お風呂を入れようかとも思ったけど、家には着替えてもらう男物の服がない。

「上着とか濡れちゃったままなんだけど、何処《どこ》に置いたらいいかな？」

「あ、乾燥機があるから、それで……」

本当なら着ている服を全部乾燥させてあげたいところだけど、その間、ずっと裸というわけにもいかない。

「うん、それじゃお願いするね」

差し出された梨本くんの上着は充分に水気を吸っているために、少し重く感じた。私は急いで乾燥機のある脱衣所へと向かうと、すぐに上着を乾かし始めた。

代わりに良く乾いたバスタオルを、更に二枚ほど手に取って居間に戻る。

「今、乾かしてるから……これを……」

と、言い掛けた私は、上半身裸になって身体を拭いている梨本くんを見て、思わず仰け反ってしまった。

……な、梨本くんは、ただ濡れた身体を拭いているだけじゃない。

そう思っても、なんだか妙に意識してしまって、カッと顔が赤くなってしまった。考えてみれば家には他に誰もいないのだ。

そんな状態で男の子を上げちゃうなんて……。

今更ながらのように、私は自分の大胆さに驚いていた。

「ああ、ありがとう」

私が顔を背けたままバスタオルを差し出すと、梨本くんも少し照れたような表情を浮かべて、慌ててシャツを羽織りなおした。

……あれ？

見てはいけないと思いつつ、チラリと横目でその様子を窺《うかが》うと、肩の処に大きな痣《あざ》があることに気付いた。……いや、それだけではない。明るい室内で改めて梨本くんを見ると、彼は左頬にも青痣を作っている。昨日まではそんなものはなかったはずだ。

「梨本くん……その顔の傷は……」

「え……ああ、これは……その……」

私が尋ねると、梨本くんは思い出したように慌てて左頬を手で覆った。

まさか……。

私の頭に一つの不安が浮かび上がった。昨日、私が教室を飛び出した後、あそこで何かあったのではないかという不安だ。

「もしかして……それは橋場先輩に？」

おそるおそる尋ねると、梨本くんは少し躊躇《とまど》った後、小さく頷いた。

「あ、でも……これは僕が悪いんだ。僕が先に殴りかかったんだから」

「梨本くんが？」

本人の口から聞いているのに、私にはどうしても信じられなかった。

普段は大人しい梨本くんが、まさか自分から先輩に殴りかかるなんて……。

「昨日、里中さんに委員会に付き合ってもらった後、カバンを取りに教室に戻って……あの場面に出くわしたんだ」

委員会、か。

それで梨本くんと螢ちゃんが、一緒に教室に戻ってきて……。

「駿河さんが教室を出ていった後、里中さんが先輩を問いつめたんだけど、その話を聞いているうちに……その……なんだか急に腹が立って……」

「それで、梨本くんは先輩に？」

「うん。まあ、一方的にやられちゃったけどね。里中さんが止めてくれたから」

「ゴメン……」

私は顔を伏せたまま呟いた。

「ゴメンね。わ、私なんかのために……」

私は自分のことしか考えていなかった。あの時も混乱していたとはいえ、その場から逃げ出すのが精一杯だったのだ。

そう思うと、自分が情けなく思えてくる。

同時に梨本くんが私のために先輩とケンカまでしてくれたことが申しわけなくて、気付くといつの間にか涙が浮かんできた。

「あ、そんな……気にしなくてもいいよ。僕が勝手にやったことなんだから」

「で、でも……私……」

「だって……僕は、その……駿河さんのことが……」

梨本くんはそこまで言うと、躊躇うように語尾を濁した。

その呑み込んだ言葉がなんだか重要なことであるような気がして、私は涙に濡れた顔を上げて梨本くんを見た。

その私に促されるかのように、梨本くんは小さく喉《のど》を鳴らすと、

「僕は……僕は駿河さんが好きなんだ」

一つ呼吸を置いた後、はっきりとした口調で告げてきた。

「梨本……くん」

今まで以上の大粒の涙が頬を伝った。

ずっと心の奥底で温め続けてきた想いが、ようやく出口を見付けて浮かび上がってくる……そんな感覚に、私は咄嗟に言葉を返すことができなかった。

「あ、嫌だったらそう言って。……ぼ、僕はその、気にしないから」

慌ててそう言う梨本くんに、私はゆっくりと首を振ってみせた。

「う、ううん……そうじゃないの……私も」

「え……」

「わ、私も……私も梨本くんのことが、好きだったから……」

一気に想いを吐き出すと、心が少し軽くなったような気がした。想いが言葉という翼を得て、ようやく本来伝えるべき相手の元へと飛んでいったからだろうか……。

「ゴ、ゴメンね……う、嬉《うれ》しいはずなのに、な、泣いちゃったりなんかして」

「ううん。実は僕も、嬉しくて泣いちゃいそうだよ」

そう言って照れたように笑う梨本くんを見ているうちに、私の心臓が急にキュンと締め付けられるような感じになった。

嬉しくてときめいているのかな……？

ふと、そんなことを考えていると、今度は下半身がカッと熱くなった。

■真樹

「……あれ？」

駅から歩いて家に戻る途中、突然、何かがあたしの身体に触れてきた。けど、周りには誰一人としていないし、身体にも何も触れていない。

あれ……これって、まさか⁉

そう考えた瞬間、今度は背筋を悪寒めいたものが駆け抜ける。

胸に揉みしだかれて愛撫されるような感覚が絶え間なく伝わってくると、急速に足元が震えて、まともに立っていられない状態になった。

「あ……も、もうっ……」

堪《たま》らずに建物の壁に身体をもたれさせた。自然と体温が上昇し、軽い息切れがする。

……あの、スケベお姉めっ！

昨日の今日で未歩がこんなことをするとは思えないから、これはやっぱり、お姉が原因なんだろう。あれだけ偉そうなことを言っておきながら……。

「ン……ンン！」

新たに伝わってきた刺激に、あたしは小さく声を漏らすと、思わず傘を落として身を仰け反らせてしまった。周りに人がいたら、とんだ恥さらし者になるところだ。

だが、あたしの事情にお構いなく刺激は次々と伝わってくる。この調子ではお姉のエッチが終わるまで、あたしはここから動けなくなってしまう。それなら多少は身体の自由が利くうちに早く家に戻った方がいいかもしれない。

あたしは力を振り絞って身体を起こし、放り出してしまった傘を掴んで歩き始めた。

込み上げてくる感覚に打ち震えながら家に向かってひたすら歩き続けていると、公園の入口付近に差し掛かった。

確かこの公園を突っ切れば家までかなりのショートカットができたはずだ。

そう思って公園に足を踏み入れたが、数十メートルも行かないうちに、歩くことさえままならなくなってきた。

「あはっ……んんっ！」

今まで存分に胸を嬲《なぶ》っていた手が、ついに下半身の方にまで伸びてきたのだ。

も、もう……ダメェ……。

もはや堪《こら》え切れなくなったあたしは、どこかで休もうと周りを見回した。幸いにも近くにベンチが見える。あたしはおぼつかない足取りで、そのベンチに近付いた。

すると……。

「……えっ⁉」

ベンチに座ろうとした瞬間、その陰にあられもない姿の女性の姿が見えた。あたしは瞬間、恋人達の情事の現場に踏み込んでしまったのかと思った。

だが、男の姿は見えない。しかも、こんな雨の中で？

混乱して硬直してしまったあたしは、更にその女性の顔を見て、雷を受けたような衝撃に襲われた。

「お、お姉……!?」

そこにいたあられもない姿の女性は、間違いなくお姉だった。お姉はあたしに気付いて、慌てて乱れた服を両手で掻き合わせた。

「あ、真樹……こ、これは……」

何かを弁解しようと、お姉があたしににじり寄ってくる。しかし、何故かいたたまれない気持ちになったあたしは、目の前の現実から逃げ出すようにしてその場から駆け出した。

「ま、真樹っ……」

背後からお姉の声が追い掛けてきたが、あたしは一目散に公園内から飛び出した。

なんで……なんでお姉があんなところで……？

お姉のあの姿が瞼《まぶた》に焼き付いたように離れない。全くわけのわからない状況に、あたしは頭を混乱させながら帰路を辿《たど》っていった。

いつしか上がっていた雨に、全く気付くこともないままで……。

■遼子

他に人影のなくなった社内の廊下に、私と美咲さんの靴音だけが響く。

夜の八時半、給湯室……と、夏目からの伝言を小林が伝えてきた。

そこに行けば何が起こるか充分すぎるほどわかっている。けれど、私も美咲さんもそれを拒否することはできなかった。

「……遼子」

ふと、美咲さんは口を開いたが、私が視線を向けると思い直したように首を振った。

「ううん、やっぱりいい」

消え入りそうな声で呟く美咲さんに、私はあえて何も言わなかった。目の前に、私達を餌食《えじき》とする男という名の魔物達が潜む給湯室が見えてきたからだ。

私達はそのドアの前で止まると、しばし躊躇った。もう覚悟はしているものの、自ら魔窟となってしまった部屋のドアを開く気にはなれない。

だが、そんな私達の躊躇いが伝わったかのように、ドアは内側から開かれた。

「……ようこそ、駿河くんに周防くん。待ってたよ」

薄呆けた明りの向こうから、重厚な声が響きを利かす。室内には私達の身体を貪ろうと待ち受けている欲望剥《む》き出しの男達の姿があった。

「おい、時間に少し遅れてるぞ。しっかりしろよ」

「まあまあ……その分、身体に覚えさせればいいじゃないですか」

「ははは っ、そいつぁいいや。そうか身体……にか」

下衆な笑い声が給湯室にこだました。

異様な盛り上がりを見せる男達に、私の隣で美咲さんが小さく震える。そんな彼女の姿を見ているうちに、私の中に埋もれていた微《かす》かな怒りが頭をもたげてきた。

同時に一度は諦めた敵愾心《てきがいしん》が胸を突き上げてくる。

「……さあ、ショーの始まりだ」

冷酷で狂気の色すら浮かべた夏目の瞳。その瞳に見つめられた時、私の中でくすぶり始めていた怒りの感情が一気に燃え上がった。

「もう、いい加減にしてください！　何処まで私達を弄べば気が済むんですかっ！」

私は夏目の手を振り払いながら涙声で叫んだ。心に鬱積《うっせき》した感情が堰《せき》を切ったように溢《あふ》れ出し、いつの間にか私の目には涙すら浮かんでいた。もう堪えきれないっ！

だが、男達は私が感情を爆発させても眉《まゆ》一つ動かさずに肩をすくめた。

「何処までって言われてもなあ？」

「まあ、飽きるまでじゃないんですか？」

「ふ、ふざけないで！」

あまりにも度を越した男達の言動に、私は奥歯を噛み締めた。

「そうか……君がそこまで嫌がっているのなら仕方がない」

夏目が小さく首を振りながら、意外なことを言いだした。

「周防くん、君も駿河くんと同意見なのかね？」

「あ……わ、私は……」

突然、夏目に質問されて、美咲さんは戸惑うように言葉を詰まらせた。

だが、そんなことは改めて訊《き》くまでもない。自分の身体を男に蹂躙《じゅうりん》させて良い女性など一人もいないのだから。

「やれやれ……でも、彼女達が拒むのなら私は無理強いするつもりはないよ」

「本気ですか!?　でも、それでは……」

黙って話を聞いていた男達が色めき立つ。

すっかりその気になっていた獣達は、興奮冷め止まぬ勢いで夏目を問い詰めた。

「勘違いをするんじゃない。彼女達が相手をしてくれないというならば、相手になる者を他から連れてくればいいだけのことだろう」

夏目はそう言うと、刃物のような視線を私に向けた。

「駿河くん、君には確か……妹がいた筈《はず》だな」

瞬間、私の全身が粟立《あわだ》った。

目の前に、昼間の陵辱を真樹に見られてしまった情景が鮮明に浮かび上がってくる。

「妹って……まさか真樹をっ⁉」

「フフフッ、何も女性は君達ばかりではない。君が嫌だと言うのなら、その代わりを妹に被ってもらうだけのことだ」

口元に笑みを浮かべてはいたが、その殺伐とした瞳を見ると、夏目が本気であるということがわかる。幾度となく見せ付けられたその表情に、私は心の底から震撼《しんかん》した。

「や、やめてッ！　真樹には……妹だけには手を出さないでっ！」

私の悲痛な叫び声に、男達は一瞬、動きを止めて私に顔を向けた。だが、互いに顔を見合わせると、苦笑するような笑みを浮かべた。

この男達もそのつもりでいる。私は目の前が真っ暗になった。

「君が私達の相手をしてくれないのなら、誰が私達を満たしてくれると言うのだ？」

夏目が口元に残酷そうな笑みを浮かべた。だからと言って真樹が代わりに嬲られなければならない理由などない。そんなこと……断じてさせるわけにはいかない。

そんな馬鹿げた話があってたまるものか！

「わあああーっ！」

私は拳《こぶし》を握りしめると、高ぶる感情に任せて夏目に飛びかかった。

もはや完全に理性は飛んでいた。真樹を守らなければならないという思いと、目の前の夏目に対する殺意だけが私を突き動かしていた。

伸ばした手が夏目の襟元を掴み上げたが……。

「おっと、そこまでだ」

坂本と小林が立ち塞《ふさ》がった途端、私は瞬く間に腕を掴まれた。

「いやぁッ！　放してッ!!」

加減を知らない男の指が腕に食い込み、ねじ上げられた腕に激痛が走る。その痛みに耐えかねた私は、たちまち動くことができなくなってしまった。

「フフン、後先考えずに行動するとは、駿河くんらしくもないな」

うなだれる私に向かって、夏目が吐き捨てるように言った。

悔しさで溢れてきた涙が夏目の姿を滲《にじ》ませる。一時は烈火の如く燃え上がった怒りの感情が悲哀に変わり、私はついに泣き崩れてしまった。

「フフ……安心したまえ駿河くん。ちゃんと姉妹仲良く可愛がってあげるから」

夏目は穏やかな表情で私に近付くと、耳元でそう囁《ささや》いた。

「うくっ……ひっ……」

思わず漏れる嗚咽《おえつ》を噛み殺し、私は静かにむせび泣くことしかできなかった。

もう……私には、この男達を止める術《すべ》はない。

■真樹

　あれは現実だったんだろうか……。

　あたしはバイト先のコンビニで、客がいないのをいいことにレジカウンターで頬杖をつきながら、先刻の公園でのことを思い出していた。

　思わず頭が混乱して逃げ出してしまったけど、あれは一体なんだったんだろう？

　あのお姉が半裸で公園にいた、なんて……。

　だけど、このところお姉の様子がおかしいことは確かだ。もしかしたら今日のことも、それと何か関係があるんだろうか？

　それにおかしいといえば、未歩もだ。学校を休んだくせに、あたしが家に戻ると、どこへ出掛けたのか姿はなかった。

　本当にもう、お姉も未歩もどうなってるのよっ。

　……そんなことを考えていると、お客の入店を知らせるチャイムが鳴り響き、サラリーマン風の二人連れが店内に入ってきた。男達はぐるりと店内を見回した後、真っ直ぐレジカウンターにいるあたしの元へとやって来る。

「あの、ここに駿河さんって女性はいませんか？」

「え……？　私が駿河ですけど……どちらさんで？」

「あ、失礼しました。私達は遼子さんの会社の者なのですが」

「え……お姉の？」

あたしはギョッとして男達を見つめ返した。お姉の会社の人達が、一体あたしになんの用だというのだ？

「実は……ちょっと君のお姉さんが大変なことに巻き込まれて……」

「えっ？　お姉が？」

咄嗟にさっきまで思い出していた、昼間の公園での出来事が蘇ってくる。

「そうなんだ。それで家族の人にちょっと会社まで来てもらいたいんだけど」

奇妙な符号に、思わず考え込んでしまったあたしを、もう一人男が急《せ》かせるように言葉を続けた。

「え、あ……」

反射的に頷きそうになってしまったが、どうも目の前の男達からは胡散臭《うさんくさ》い雰囲気が漂ってくる。大体、お姉が大変だと言うばかりで、具体的に何があったのかを話そうともしないのだから。

もし、お姉が怪我《けが》をしたとかならば、その痛みなどは当然あたしにも伝わってくるはずだが、今のところ全くそんな様子はない。

「ちょ、ちょっと！　お姉さんが、遼子さんが大変なんですよっ！」

男の一人が焦《じ》れたような声を上げた。

「……だから、何が大変なんですか？」

「そ、それは車の中で説明しますから、とにかく急いでください！」

疑いの表情を浮かべて問い返すと、男達はたじろいだような態度で表に止めてある車を指さした。車体には確かに「日野商事」と書かれている。

あ、ホントにお姉の会社の車じゃん。……と言うことは、ひょっとして本当にお姉の身に何かがあったのかもしれない。

少し迷ったけど、この二人の言うことに若干の信憑性《しんぴょうせい》があることは確かだ。

「……わかりました。じゃ、ちょっと着替えてきますから、少し待っててもらえますか？」

あたしは奥にいたバイト仲間に事情を説明して、バイトを早退すると、男達と共に車に乗り込んだ。


けど……コンビニを出発してからほんの数分後、車はブレーキ音を響かせて停車した。

窓の外に目をやると、そこは昼間にお姉を見た公園の前であった。

……なんでこんな所で止まるの？

疑問を感じて男達に視線を向けると、二人はニヤついた顔付きになってあたしの身体を舐《な》めるように見回してきた。

「真樹ちゃん……だっけ？　お姉さんも綺麗《きれい》だけど、君もかわいいね」

「そ、そりゃどうも……ところでうちのお姉が大変だって言ってましたけど？」

「ああ、確かに大変だよ、君のお姉さん。顔に似合わず結構好きモノだしね」

「え……？」

一瞬、あたしは男が何を言ってるのかわからなかった。

「実はねえ、君のお姉さん。会社で慰み者になってるんだ」

運転席に座っていた男が後部シートのあたしを振り返るようにして、衝撃的なことを口にした。

……慰み者？

「だから、あんたの姉さんは俺達がかわいがってあげてんだよ」

呆然《ぼうぜん》とするあたしに追い打ちを掛けるように、隣の男が乱暴に吐き捨てる。あたしはようやく事態の重大さを理解して、顔から血の気が退いて行くような気がした。

「そ、それって……どういうこと？」

「どうもこうも、君の姉さんは会社で俺らに腰振って喜んでるんだよ」

「俺達の性欲処理機としてな！」

「……っ!?」

最近、やけに多く伝わってくる変な感覚。そして、今日の公園で見たお姉の姿。あたしが会社で何をやっているのか、とからかった時のお姉の反応。

ようやく理解できた。すべてはコイツらにお姉が嬲られてたからだったのかっ⁉

そう考えると、あたしの胸はやるせなさで一杯になった。今まで、一体お姉はどんな思いであたし達に笑顔を向けていたのだろう？

そんなお姉のことを思うと、悔しくて涙が出ていた。

それもそれも、すべてこの男達が……！

「最低……」

「おお、怖いねえ。せっかくのかわいい顔が台なしじゃねえか」

あたしが睨《にら》み付けても、男達は全く意に介さない様子で軽く鼻で笑った。震える拳をその顔に叩《たた》きつけてやろうかと思った瞬間、運転席の男が不気味な笑みを浮かべた。

「……まあ、安心しな。あんたもお姉さんと同じようにしてやるからさ」

いやらしく緩む口元を見て、あたしは全身を粟立たせた。

お姉が大変だと言って、あたしを車で連れ出した意味がようやくわかった。こいつらは、あたしまでも……。

本能的に危険を感じたあたしは、咄嗟にドアノブに手を掛けた。

■未歩

「本当に大丈夫？」

心配そうに私の顔を覗《のぞ》き込んでくる梨本くんに、私は頷きながら笑みを返した。

ああ……危なかった。急に誰かに胸を触られているような感覚を受けたんだもん。もう少しで、梨本くんの前であられもない姿をさらしてしまうところだったよ。

とりあえずおかしな感覚から解放された私は、ソファーの上で大きく息を吐いた。

あれから随分と時間が経ってしまっている。

まだ全身にエッチな余韻が残っているような気がしたけど、梨本くんを放ったままにしていつまでも寝ころんでいるわけにもいかず、私はそっと身体を起こした。

……これ以上、醜態は見せられないよ。

「あ、寝てなくて大丈夫？」

「うん……もう良くなっちゃったから」

うつむいたままエへへと笑い、私はなんとかその場しのぎの言葉を並べ立てた。せっかくお互いの気持ちを確かめ合った直後なのに、こんなことになるなんて……もう泣きたい気分だった。

「……ックシュン！」

不意に梨本くんの大きなくしゃみが室内に響いた。

「あ……」

身体を拭いていたけど、梨本くんのシャツやズボンは濡れたままだ。春とはいえ、この時期に濡れた格好のままでは本当に風邪を引いてしまう。

「今、服を持ってくるから」

そろそろ乾燥機に入れた上着が乾く頃だろう。

私は慌てて居間を飛び出したが……。

バタンッ！と、突然、玄関のドアが開く音が響いてきた。

あれ……おかしいな。こんな時間に遼子お姉ちゃんが帰ってくるはずもないし、真樹お姉ちゃんは今日バイトの日だったはずだけど？

そう考えながら玄関の方へ顔を出すと……。

そこには怪我をしてボロボロになった一平さんを抱えた、真樹お姉ちゃんの姿があった。

「お姉ちゃんっ！」

私は思わず声を上げて駆け寄った。

ずっと一平さんを抱えてきたのか、真樹お姉ちゃんは肩で大きく息をしてる。よく見ると、お姉ちゃんの服も所々引き裂かれたようになっていた。

「み、未歩……悪いんだけど、一平ちゃんの怪我を……」

「ど、どうしたの？　一平さんは……」

あまりにも突然の出来事に、私の頭はパニックになってしまった。とにかくなんとかしなければ、と思いながらも、結局は二人をオロオロしながら見つめるしかなかった。

「……どうしたの？」

「あ、梨本くんーっ！」

騒がしさを不審に思ったのか、居間から梨本くんが顔を出した。その顔を見て、混乱していた私は涙を浮かべて彼を呼んだ。


梨本くんの力を借りて真樹お姉ちゃんと一平さんを居間に運び、怪我の手当なんかをしていると、あっという間に時間が過ぎ去っていった。

二人がようやく快復して話ができるようになった頃には、窓の外は真っ暗になっていた。

「誘拐されそうになった……？」

ポツポツと事情を話す真樹お姉ちゃんの口から衝撃的な言葉を聞かされた。

「……ああ、お姉の会社の者だっていう男達にね」

「危なかったよな……俺が偶然に通りかからなかったら、今頃は……」

「う、うん……」

一平さんの言葉に、真樹お姉ちゃんは普段からは想像もできないほどの弱々しい様子で頷いた。どんなにショックを受けたのかが、その様子から伺える。

「良く無事でしたね？」

黙って話を聞いていた梨本くんが、ポツリと感想を漏らした。

「ああ、助けに入ったのはいいんだけど相手は二人だったからさ……。俺がボコボコにされてると、真樹が大声を出してくれて……あえなく男達は逃げて行ったというわけさ」

「本当にお姉ちゃんの会社の人が……？」

私が疑問を口にすると、一平さんが静かに頷いた。

「連中は真樹のバイト先に訪ねて来てるんだ。自宅ならまだしも、多少の事情を知っている者じゃないと、そこまではわからないだろう」

「じゃあ、計画的に？」

梨本くんの言葉に、一平さんはう～んと首を傾げた。

「それにしてはずさんなんだよなぁ。日野商事の名前を出したり、公園で真樹を襲おうとしたり……。少なくとも金銭絡みの誘拐とは思いにくいな。遼子さんから話を訊けば、すぐにわかるんだろうけど……」

と、一平さんは壁に掛かっていた時計を見上げた。

そう言えば、いつもならとっくに帰ってきているはずのお姉ちゃんがまだ帰ってきていない。遅くなるという話も聞いていないし、電話もない。

私はなんだか恐怖で身体が震えてきた。

「とにかく、遼子さんが帰ってくるのを待つしかないな」

「だったら……」

梨本くんが身を乗り出した。

「僕もここにいさせてください。何かの役には立てるかもしれないし……」

「うん……しかし……」

一平さんは腕を組んだまま唸《うな》り声を上げ……ハッと気付いたように梨本くんを見た。

「そういや、君は？」

「あっ……」

ドタバタしてて忘れてたけど、真樹お姉ちゃん達と梨本くんは初対面なのだ。私はしどろもどろになりながら、双方を紹介した。幸いにも真樹お姉ちゃん達は、どうして学校のある時間に梨本くんが家にいたのかには気付かなかったらしく追求はされなかった。

もし訊かれたら、私も梨本くんも理由を説明するのに苦慮しただろう。

「気持ちはわかるけど、君は帰った方がいいよ。まだ遼子さんに何があったというわけでもない。ただ遅くなっているだけかもしれないし」

私達から説明を聞いた一平さんは、梨本くんを説得するような口調で言った。

「は、はい……」

梨本くんは小さく頷いた。

気持ちは有り難かったけど、確かに一平さんの言う通りなのだ。

「じゃあ、僕は帰るよ」

「う、うん……でも濡れたままで風邪引かない？」

「僕だったら平気だよ」

梨本くんは笑顔を見せると、何かあったら夜中でもいいから連絡してくれ……と言い残して帰って行った。なんだか最後は慌ただしかったけど、まさか梨本くんが家に来てくれるとは思わなかった。

おまけに、好きだ……なんて言ってくれたし。

梨本くんが立ち去った玄関のドアを眺めていると、自然に顔がほころんできた。

けど……。

今はそんな幸せに気分にだけ浸っている場合ではなかった。


その夜……。

九時になっても、十時になっても……お姉ちゃんは帰ってこなかったのだ。

■遼子

……あれから、一体どれだけの時間が過ぎたのだろう。

夏目に命令された小林と坂本が部屋を出て行き、私と美咲さんは後ろ手に縛られたまま、給湯室の床に身体を横たえていた。

いつの間にか意識を失うように眠ってしまったらしい。

気付くと横に転がっていた美咲さんが、虚ろな目で部屋の壁を見つめていた。

僅《わず》かに顔を上げて室内を見回すと、夏目と織田が無言のままジッと佇《たたず》んでいる。この様子では、万に一つも逃げ出せる可能性はない。

……私達は、これからどうなるのか。いや、それよりも真樹達はどうなったのだろう？

そのことを思うだけで、私は胸が締め付けられるような恐怖に捕らわれた。

その時、不意に静寂を破るように荒々しくドアの開く音が響き渡った。無言でいた夏目達が、ハッとドアの方を注目する。

私も首を捻って見ると、そこには真樹を連行しに行ったはずの坂本と小林が、気まずそうな表情を浮かべて立ち尽くしていた。

「坂本さん……それに小林さんも……」

織田が声を掛けたが、二人は返事をしなかった。坂本と小林は、ただ顔を伏せて互いに視線を交わすばかりであった。

「……失敗したのか？」

夏目が冷たく言い放つ。

言われてみれば、そこには連れさらってくる筈の真樹の姿がない。

私は安堵感《あんどかん》にホッと胸を撫《な》で下ろした。少なくとも、真樹は無事でいるのだ。

「ちょっと、たかが女の子一人を連れてくるのに何をやってるんですか二人とも！」

「うるせえっ！　事情も知らん奴が四の五の抜かすなっ‼」

織田が苛立《いらだ》った声を上げたが、坂本の迫力のある怒声に一喝されて身を縮ませた。

「俺達だって、ただ遊んでたわけじゃねえんだよ！」

「そうだ、途中で邪魔さえ入らなければ今頃は……」

「やめないかっ、鬱陶《うっとう》しい！」

坂本に乗じて小林も言いわけがましい言葉を口にしたが、夏目の声に身体を硬直させた。

夏目は手ぶらで戻ってきた男達に冷ややかな視線を向ける。

「事情はわかった。つまり……計画の実行最中に、何者かによって阻止されたわけだな？」

「あ、はい」

いつものような冷静さを見せる夏目に、二人はうつむき加減で静かに頷いた。

「で、その邪魔に入った男……あるいは女について何か心当たりはあるか？」

「いえ……」

　坂本がゆっくりと首を振った。

「邪魔に入ったのは男なんですけど、たまたま現場に居合わせただけのようです」

「はい、それで追い払おうとしましたら、女の方が大騒ぎを始めたもので……」

「逃げ帰ってきたというわけか」

　再び言葉なくして頷く二人を険《けわ》しい表情で見つめると、夏目は瞑想《めいそう》するかのように、そっと瞳を閉じた。

　異様なほどに押し静まる室内。重苦しく身動き一つできない状態で、男達はジッと夏目を見つめている。まるで、その様子は神の言葉を待つ信者達のように見えた。

「……ふむ」

　しばしの沈黙を破って、夏目が何か結論を出したように目を開いた。

「坂本くん、小林くん。君達は会社と駿河くんの名を出して彼女の妹を呼び出したのだな」

「は、はい、ちゃんと命令通りに……」

「そうか」

　軽く親指の爪《つめ》を噛んだ後、夏目は再び二人に顔を向けた。

「では……君達は明日から自宅謹慎だ。しばらく姿を潜めていたまえ」

「そ、それは一体どういうことです⁉」

坂本が困惑した表情を夏目に向けた。ここまでの経緯がすでに充分な犯罪なのだ。その片棒を担いだ坂本としても、納得できる説明を夏目から受けたいのだろう。

「簡単なことだ」

夏目は坂本の質問に涼しい顔をして答えた。

「名前を出してしまったのだから、当然、会社にはなんらかの介入があるだろう。その際に証人が付き添っていれば、完全に顔を知られている君達がいると都合が悪いんだよ。だから、ことが静まるまで謹慎していてもらう」

「はあ……」

坂本達は渋面を作りながらも、とりあえず頷いた。確かに夏目の言う通り、警察などが介入した場合、言い逃れることは難しいだろう……。

「そして……次に問題になるのが、この駿河くんと周防くんだ」

夏目はそう言うと、床に転がったままの私達にいつもの冷ややかな目を向けた。

もし内部に調査の手が入れば、私と美咲さんに対して行ってきた行為は、当然、表沙汰《おもてざた》になるだろう。そうなると、夏目は少なからず窮地に立たされることになる。

「二人には悪いけど消えてもらうよ。完全にね」

にこやかな笑顔を浮かべ、さらりと夏目は言い放った。

え……？

一瞬、私は何かの冗談のように聞こえた。夏目の口から出た非日常的な言葉に、思考の方が追い付いてこなかったのだ。

しかし……夏目の目を見た途端、私は恐怖で身体が震えた。この男は本気なのだ。

「か、課長、本気なんですか⁉　何もそこまでやらなくても……」

「やれやれ……」

焦りの色を隠せない三人を見て、夏目は呆《あき》れるように首を振りながら息をついた。

「私達が、このまま安泰な生活を送るためには、証拠を隠蔽《いんぺい》することが欠かせない。まあ……幸いにも私の伯父がそっち方面に顔が利いてね。よっぽどのヘマをしない限りは、すぐにでも揉み消してくれるよ」

自分には強力な後ろ盾があると説明しながら、夏目は男達の顔を順番に見ていった。

そうか……だから夏目はここまで余裕を見せていたのか……。

用意周到とでも言うべきか、既にお膳《ぜん》が並びきっていた夏目の計画に、ついに男達も首を縦に振った。夏目の論述が男達の恐怖感をねじ伏せたのだ。

「じゃあ……彼女達はすぐにでも始末するんですか？」

それでもやはり人を殺《あや》めるのは気が引けるのか、小林は私達にチラリと視線を向けると、恐る恐る夏目に訪ねた。いくら夏目に賛同したとはいえ、まだそこまでの覚悟はできていないようだ。

「……いや、それについてはもう少し慎重にことを構えたい。死体というのは案外足がつきやすいからね。まぁ、その時が来ても汚れ役は全部私がするから安心したまえ。気の優しい君達には少々酷だろうからね」

そう言うと、夏目はこの話が始まってから初めて私達に目を向けた。

「じゃぁ、二人には悪いが、しばらくどこかで静かにしていてもらうよ」

「い、いやぁー！　誰か！　誰かぁー!!」

夏目の満ち溢れた殺意と底知れぬ絶望に押し潰され、美咲さんが狂ったように絶叫した。

私も美咲さんと同じように叫びたい気持ちで一杯だったが、自然に震えてくる奥歯を噛み締め、できるだけ冷静になろうと何度も心に言い聞かせた。

万に一つの可能性を信じるためにも、ここでパニックになってはいけない。

「いやあっ！　いやーっ！」

「うるせえっ、静かにしろ!!」

坂本の怒鳴り声に、怯《おび》える美咲さんはすぐさま声を押し殺した。すすり泣く嗚咽が私の心を深くえぐる。

美咲さん……。

私はまともに彼女も見ることができずに、固く目をつぶった。

第六章　伝わる心

■真樹

お姉を待ち続けているうちに日付が変わってしまった。

心配そうな表情を浮かべていた未歩を、あたしと一平ちゃんが説得して部屋へ行かせた。待っているだけなら、あたしと自ら宿直《とのい》を申し出てくれた一平ちゃんで充分だ。

渋々ながら未歩が部屋に戻った後も、居間は重い空気に包まれ、時計の針が進む音だけが室内に響き渡る。

「……決めた」

あたしはその沈黙を破るように、ずっと考え続けていたことを口にした。

「やっぱり、警察に届ける」

「警察に？」

あたしの言葉に、一平ちゃんは驚いたようにソファーから腰を浮かせた。

「うん、警察に届けるのが一番だと思うんだ」

「しかし……なんて説明する気なんだ？」

怪訝《けげん》そうに訊《き》いてくる一平ちゃんに、あたしは頭の中で整理していたことを聞かせた。

まず、警察に行って、あたし自身が誘拐されそうになったことを説明する。更に、それに合わせるようにしてお姉が戻ってこないことを報告し、この事件は繋《つな》がっているのではないかということをほのめかす。

そして、警察の強力を得てお姉の会社に乗り込み、最終的には監禁されているはずのお姉を無事に保護して、事件に関わったあの会社員達を一斉検挙。

「……てな、筋書きなんだけど」

あたしが話し終えると、一平ちゃんは失礼にも溜息《ためいき》をついて頭を抱えた。

「お前……どこまで本気なんだ？」

「どこまでって……全部に決まってるじゃない」

「……質問一。お前を襲ったのは、本当に日野商事の社員なのか？」

「そ、そうよ、車には『日野商事』って書いてあったもん。一平ちゃんだって、さっきは間違いないって……」

「質問二。遼子さんが拉致《らち》された証拠は？」

「そ、それは状況からして一目瞭然でしょ！」

「質問三。お前の事件と遼子さんが戻って来ないことの関連性の証拠」

「だ、だから……それは……」

「質問四。それだけで警察が協力してくれると思うのか？」

「だ、だって、警察は庶民の味方でしょ？」

「質問五。もし、会社を捜査して遼子さんが見つからなかったら？」

「うう……い、いるもん！　絶対いるんだもん！」

次々と一平ちゃんがしてくる意地悪な質問に、段々と答えているあたしも不安になってきた。こんなんで警察に行って、本当に上手く行くんだろうか？

「あのなぁ……確かに状況だけをみれば、お前の言うことにも一理あるけど、全部証拠がないんだぞ？　そう結果ばかり急がんでさ、もう少し状況を見てから行動しようや」

「で、でも、現にお姉は帰って来てないじゃないっ」

「遼子さんは大人の女性だぞ。子供じゃないんだから、一晩帰ってこないだけで、誘拐されたということにはならないだろう」

「む、むむ……」

「最終的に警察に届けるとしても、せめてもう少し待て」

あたしを宥《なだ》めるように、一平ちゃんはそっと肩を叩《たた》いてきた。

「でも……朝までにお姉が戻らなかったら、やっぱりあたしは行くよ」

あたしは自分の考えを曲げることはできなかった。何故だかわからないけど、胸騒ぎを感じるのだ。悠長に構えていてはお姉が危ない気がした。

お姉は何処《どこ》かで助けを求めている……。

あたしにとって、それだけは間違えようのない事実なのだ。

■未歩

翌朝……。

昨日の雨はすっかり上がって、穏やかな日差しが降り注いでいる。

いつもと同じ風景の中を歩きながら通学路の途中まで来ると……やはり、いつもの場所に螢ちゃんの姿があった。あれ以来、顔を合わさなかった螢ちゃんを見て、私は思わず足を止めた。あの先輩との件は、まだ螢ちゃんに説明していなかったのだ。

立ち止まった私に、ゆっくりと螢ちゃんが近付いてくる。いつもの笑顔と違ってどこか強張った螢ちゃんの表情に、私は少し怯《おび》えて身を引いた。

一体なんて説明すればいいんだろう。

けど、螢ちゃんは私に近付くと、不意に顔を歪《ゆが》めた。

「ナッシーから聞いたわよ。お姉さんのこと……ちゃんと戻ってきた？」

どうやら螢ちゃんは、遼子お姉ちゃんの心配をしてくれているらしいけど……。

事情がわからず戸惑っていると、

「昨夜、ナッシーから電話を貰《もら》って一通りの話を聞いたの」

と、螢ちゃんは複雑そうな表情を浮かべた。

私は今朝になっても遼子お姉ちゃんが戻って来ず、真樹お姉ちゃんが警察に行くことなどを説明した。螢ちゃんは黙って頷《うなず》きながら話を聞き終えると、登下校中はあたしが護衛するから、といつもの笑顔になったが……。

「それで……こんな時なんだけど、橋場先輩のこと……」

言いにくそうに呟《つぶや》く螢ちゃんに、私はドキッと身を縮ませた。

「実は……未歩が飛び出していった後、先輩は『未歩に迫られ仕方なく』って言ってたのよ。けど、どうしてもあたしはそれを信じられなかった」

「あ、あの……螢ちゃん。私は……」

私が身を乗り出すと、螢ちゃんは制するように片手を上げて、ゆっくりと首を振った。

「先輩のことは好きだったから、信じたかったよ。でも……未歩がそんなことを言うなんて、どうしても信じられなかった」

「螢ちゃん……」

「そしたら先輩は言うのよ。俺とあの娘と、どっちのことを信じるんだ……って」

そう言うと、螢ちゃんは顔を上げて再び笑みを浮かべて私を見た。

「じ、じゃあ……螢ちゃんは」

「言ってやったわよ、もちろん。未歩は友達だから、未歩のことは一番あたしが良く知っているって……ね。そしたら先輩は、もう俺とはこれまでだ……だって。笑っちゃうわよね。まあ、せいせいしたわ。一時期とはいえ……あんな男に入れ込んでいたなんて……」

徐々に螢ちゃんの声が小さくなり、最後は涙声になった。

その気持ちを痛いほどわかり、私は思わず螢ちゃんの身体を抱きしめた。

螢ちゃんは、無条件で橋場先輩よりも私を信じてくれたのだ。

その嬉《うれ》しい気持ちと螢ちゃんの悲しみが伝染して、私も涙を浮かべてしまった。

「バ、バカ……何泣いてるのよっ」

螢ちゃんは瞳に浮かんだ涙を手で拭《ぬぐ》うと、私の額を指でついてきた。

「あんたには嬉しいことがあったでしょ」

「え……」

「あたしは、昨日、誰から電話を貰ったって言った？」

螢ちゃんはそっと私から離れると、交差している道の彼方を見つめた。

つられるようにして私も螢ちゃんの視線の先に目を向けると……ちょうど誰かが歩いてくるところだった。

「あ……」

「大金星よ、未歩」

螢ちゃんがそう言って笑う。

道の向こうから、梨本くんが大きく手を振ってきた。

■真樹

「ふ～ん、お姉さんがねえ……」

朝一番で近くの警察署に駆け込んだあたしは、事情を説明して警察の協力を求めた。

なのに……なによ、この警官。

黙って話は聞いていたけど、あからさまに気乗りのしない表情を浮かべている。事態が切迫してるっちゅーのを、全然理解していない顔だ。

「そうなんですっ、だから早く助けないと……」

「まあ、落ち着きたまえ」

警官は勢い込んで言葉を続けようとするあたしを手で制すると、説明した事情を書き込んだ調書とかいうやつに視線を落とした。

「一応調べておきますから、今日のところはお引き取りいただいて……」

「ふざけんなっ！」

あたしは両手を目の前の机《つくえ》に、バンッと叩き付けた。

「あんた、うちのお姉に万一のことがあってもいいって言うのっ⁉　そんな後手後手じゃどうしようもないでしょうっ！」

「いや、しかしだな……確たる証拠もなしに、その日野商事とやらを調べるわけには……」

「いいこと言うねぇ。いや、お姉ちゃんの言う通りだと思うぞ」

不意にあたし達のいた部屋の入り口から拍手が聞こえてきた。見ると、冴えない風采《ふうさい》のオッサンが、あたしに向かって手を叩いている。

「し、東雲《しののめ》警部補……」

突然現れたオッサンに、警官が複雑な表情を浮かべた。

……警部補？

警察組織の階級とかに詳しくないぁあたしは、警部補と言われてもどの程度なのかわからないが、少なくとも二人の様子からして警官よりは上の地位なのだろう。

考えてみれば、ＴＶの刑事ドラマなんかで良く耳にするな。

「俺も日ごろから思ってたところなのよ、その後手後手の捜査ってヤツを。いや〜、ありゃいかんな。じれったくて」

「け、警部補、あなたがそんなことを言ってどうするんですか」

お気楽そうな口調の警部補に、警官は生真面目《きまじめ》そうな顔をして言う。

「いいですか！　捜査に求められるものは第一に確実性です。『あ、間違った』じゃすまされないのですよ？」

「……まあ、そりゃそうだがな」

警部補……確か、東雲とか呼ばれてたっけ？

……その東雲さんは、警官に説諭されて気まずそうな顔をしながらも、上着のポケットからタバコを取り出して口にくわえた。

「でも万が一、そのお姉ちゃんの言ってることが本当だったらどうする？　犯罪が行われているのを知りながら、警察がそれを握りつぶすのか？」

「けど、可能性だけで確たる証拠は何もないんですよ？」

警官の言葉に、東雲さんは不意にあたしを見た。冴えないただのオッサンに見えたけど、その眼光はやはり鋭く、あたしは思わず萎縮してしまった。

「……お姉ちゃん」

「あ、はいっ！」

思わず声が裏返った。

「お姉ちゃんは自分の言ってることに自信はあるのかい？」

「えっ……」

東雲さんは、まるですべてを見透かしてくるような視線であたしを凝視している。相当なキャリアを感じさせるプロの目であった。

「あ、あたしは……」

「……どうなんだい？」

言葉に詰まったあたしに、東雲さんは再び詰め寄ってくる。

確かに「確たる証拠」とかがあるわけではない。それは一平ちゃんや、ここにいる警官にも指摘された通りだ。

だけど、あたしには妙な確信がある。

それはこのままではお姉が危険だ、ということだ。

「あたしは……絶対に自信があります！」

思い切ってそう叫ぶと、あたしは東雲さんを睨《にら》み返した。

しばらくジッとあたしを見つめていた東雲さんは、やがてニヤリと口元を歪めて、再び警官の方を振り向いた。

「……と、お姉ちゃんは言ってるけど、君は全面的に否定するのか？」

「そ、そうとは言いませんが……」

顔を近付ける東雲さんにたじろぎながらも、警官はその姿勢を崩すことはなかった。

「じゃあ、このお姉ちゃんには俺が一人がついて行ってやる。なら問題もあるまい」

「な、何を言ってるんですか⁉　そんな勝手なこと許されるわけが……」

「……だろうなぁ」

ふむ……と、顎髭《あごひげ》を撫《な》でながら、東雲さんは考え込んだ。

頼りになるのかならないのか……よくわからないオッサンだ。

「じゃ、こうするか。東雲警部補ではなく、個人の東雲としてこのお姉ちゃんについて行くってのは？　困ってる市民を助けるのも警察の仕事でしょうが」

「しかしですね……」

警官は顔をしかめて、呆《あき》れたような表情を浮かべる。

そりゃそうだろうな……。

「どう？　俺、なんか間違ってる？」

更に追い討ちをかける東雲さんに、警官は諦《あきら》めたように大きな溜息をついた。

「……わかりました。でしたら警部補のお好きなようになさってください。ただし、何かあった場合、署長には警部補が直接説明してくださいよ」

「了解、了解。……ま、というわけだ」

「は、はあ……」

薄ら笑いを浮かべて顔を向けてくる東雲さんに、あたしは思わず苦笑を浮かべた。

……結局、思っていた通りにはなったけど、本当にこの警部補と一緒で大丈夫だろうか？


高らかなサイレンを鳴らしながら、あたし達を乗せたパトカーはオフィス街のど真ん中にある日野商事の前に停まった。

「……ここか」

運転席から降りた東雲さんは、目を細めて日野商事ビルを見上げた。

「ええ、そうなんですけど……ちょっと派手過ぎませんか？　これ……」

同じく助手席から降りたあたしは、周りに集まってくる人達を見回して、こっそりとそう囁《ささや》いた。これでは何かあったと言わんばかりの登場の仕方である。

「……ん？　だってコレさえあれば信号も関係ないし、道も譲ってもらえて便利だろ？」

「………………」

とても警部補とは思えん台詞だ。

確か警察とは関係なく、東雲個人で協力してくれるとか言ってなかったっけ？

「で、お姉さんは会社の総務課にいたんだよな？　じゃあ、そこの責任者に話を聞くのが一番だな」

そう一人で結論づけて、さっさと会社の中へと入っていく東雲さん。あたしも慌ててその後を追い掛けた。

エレベーターを使い、真っ直ぐに総務課のあるフロアに来る。

思っていたほど狭くなく、割と広々としたオフィスだ。突然現れたあたし達に、仕事をしていた人達が手を止め何事かと視線を送って来る。

「どうだい、お姉ちゃん。この中に君を誘拐しようとした奴はいるか？」

「……ううん、見当たらない」

男達はお姉の同僚だと言ってたから、いるとすれば同じ総務課だと思ったんだけど……ざっと見回した限り、それらしい人物はどこにもいなかった。

さて、これからどうお姉を探せばいいんだろう……。

オフィス中に視線を走らせながら考えていると、東雲さんが肘《ひじ》であたしを突いてきた。

「……さあ、難物がおいでなすったようだ」

そう囁かれて振り返ると、正面からスラリとした長身の男が近付いてきた。

世間ではハンサムと言っても通用する顔立ちの男だ。

……もっとも、あたしの趣味じゃないけどね。

「失礼ですが……あなた方は？」

男はあたしと東雲さんを交互に見ると、胡散臭《うさんくさ》そうな表情を浮かべて冷たい口調で尋ねてきた。なんかムカツクけど、あたし達のようなコンビが突然やってきたら、普通は何事かと思うわな……。

「俺は曙署《あけぼのしょ》の東雲という」

東雲さんはチラリと警察手帳を見せると、

「実は、この会社に人が監禁されているのではないかという情報があってね」

「ほう……監禁とは物騒な話ですね」

男は眉《まゆ》一つ動かさず冷静に答える。人間味を見せない如何にもエリート気取りな態度を見ていると、なんだか吐き気を催してくる。

あたしはこの手の人種が大ッ嫌いだ。

「ああ……失礼。私はここの総務課長を務めている夏目と申します」

「課長さんですか……なら話は早い。ここの捜査をさせていただきたいのですが」

「お待ち下さい。監禁って、我が総務部に関係があるのですか？」

「実はですねぇ……」

東雲さんは片手で頭を掻《か》きながら、不意に私の腕を掴《つか》んで引き寄せると、男……夏目の前に差し出すように立たせた。

「こちらのお嬢さんの身内の方が、ここに監禁されているという通報がありましてね」

「ほう……君は？」

「す、駿河遼子の妹です！　ここに、お姉がいるんでしょ!?」

あたしが勢いよく食って掛かると、夏目は軽く口元を歪めて笑った。

「おやおや、あまり滅多なことは言ってもらいたくないですね。名誉毀損《きそん》になりますよ？それに駿河くんは、確か今日は欠勤していたはずだが？」

「か、監禁されていたら、出勤なんかできるはずないじゃないっ」

「……というわけだ。調べさせてもらうよ」

そう言って東雲さんは歩き出そうしたが、その前に夏目が立ちふさがった。

「あまり勝手なことをなさらないで頂けますか？　もし、どうしても言われるのなら、社長などの許可も必要になります。それに捜査令状も用意していただかないと……」

「……令状ねえ」

まるでマニュアルでもあるかのような夏目の対応に、東雲さんは厄介《やっかい》そうに頭を掻いた後、上着のポケットから一枚の書類を取り出した。

「令状ってのはこれでいいのかい？」

「なっ……!?」

今まで冷静だった夏目の表情に、一瞬、動揺の色が広がった。

ひったくるようにして書類を掴むと、慌てて書面に視線を走らせる。やがて、しばし紙面を凝視していた夏目がわななくような目を東雲さんに向けた。

「し、しかし……社長の許可も……」

「ああ、そっちも心配ない。さっき電話で許可を得ておいたからな」

「き、許可を……!?」

夏目は急いであたし達の前から離れると、手近にあった電話の受話器を荒々しく取り上げた。多分、内線で東雲さんの言葉を確認するつもりなのだろう。

「けど、そんな令状なんて、いつの間に用意したんですか？」

「ああ、あれか……」

あたしが小声で訊くと、東雲さんは急に含むような笑いを浮かべた。

「あれは俺が作ったもんだ」

「え⁉　そ、それってなんとか偽造になるんじゃないんですか？」

「残念だが微妙に違うよ。俺はあれを令状だとは一言も言ってない。やっこさんが勝手に勘違いしただけだ」

「じゃあ……社長の許可とかも？」

「いや、そいつは本当に取り付けてある。さっき、パトカーの中から電話してな」

確かに東雲さんは携帯で電話してたけど……。

あまりにも砕けた喋《しゃべ》り方だったから、てっきり相手は部下かなんかかと思ってた。

「どこの企業にも、それなりに弱みというのはあるんだよ。そのあたりをちょっと耳打ちしてやれば、すぐに許可をくれた」

東雲さんはそう言って、余裕たっぷりの顔で片目を瞑《つぶ》ってくるが、あたしは額にうっすらと汗が滲《にじ》んでくるの感じていた。

おいおい……本当に、この人警部補なのか？

あの警官じゃないけれど、ここまで来るとさすがに疑わしくなってくる。

「まあ、それは置いといて……だ。あの夏目って男、やっぱり何か隠してるな」

「えっ⁉」

思わず大声になりそうになり、あたしは慌てて両手で口を塞《ふさ》いだ。

「突然、警察がやってきたっていうのに、あの毅然《きぜん》とした態度。ありゃ絶対にバレないって自信の表れだ」

「え？　それじゃ、やっぱりここにお姉がいるってことですか？」

「そこまではわからんけど、何かやましいことを隠そうとしてるのは確かだな」

……なるほど。最初から警察が来ることを想定してたから、あそこまで冷静に振舞うことができたというわけか。少々規格から外れたところはあるけど、やはりプロだけのことはある。見るべき部分はちゃんと見ているらしい。

「おっと、戻ってきたぞ」

東雲さんが囁くと同時に、夏目がこちらへと戻ってきた。

すでにさっきの動揺は消えてポーカーフェイスに戻っていたが、顔に焦りの色が浮かんでいるのは素人のあたしが見ても明らかだった。

「……社長の許可が出ました。お好きなようにお調べください」

「そうかい。ああ、案内はいらないよ。勝手に探させてもらうから」

そう言い残すと、東雲さんはあたしを促し、夏目の敵意の籠《こも》った視線を背中に受けながらさっさと歩き始めた。

■遼子

ゆっくりと目を開くと、ぼんやりとした薄ぼけた光が視界に入った。

だけど……視認できるのはその光だけで、後はほとんど薄闇の中だ。ひんやりとした空気が身を包み、寒さに身体が震える。

「んっ……」

声は猿ぐつわによって阻まれていた。

……そう、あれから意識を失った私は、夏目によって何処かに幽閉されてしまっているのだ。それもかなり狭い場所に。

そうだ、美咲さんは⁉

両手両脚をロープのようなもので縛られ自由の利かなくなった身体を、なんとか動かして前後左右を探る。

美咲さんは私の真後ろで、同じような状態で転がされていた。

どうやら目を覚ましてはいるようだが、その虚ろな瞳からは生気が感じられない。立て続けに起こった異常事態から逃避するように、心を閉ざしてしまったのだろうか？

……美咲さん。

このまま殺されるかもしれないという、恐怖、絶望……。

もしかしたら、美咲さんのような反応が当たり前なのかもしれない。

けど、私はこのまま諦めるわけにはいかないのだ。

家では真樹や未歩が私を待っている。それに私と美咲さんを消してほとぼりが冷めた頃、あの夏目の手が再び妹達に向かないという保証もないのだから。

私は萎《な》えそうになる自分の心を励まし、僅《わず》かに動く足で床を蹴《け》ってみた。

カンッ！と、金属質の音が響く。

どうやら、私達は金属製の箱のようなものに閉じこめられているみたいだ。

でも、社内にそんな箱があっただろうか？　少なくとも、人が二人も入れるような箱を、私は以前に見た記憶がなかった。

もしかしたら社外……いえ、そんなはずはない。あの夏目の性格からして、自分の目の届かない場所に私達を置くとは思えない。

……どちらにしても、自力での脱出は無理そうだ。

諦めず、最後の望みを託すとすれば……そう、それはやはり妹達しかいない。

私の心を伝えることができ、それを感じることができるのは妹達だけなのだ。

お願い……誰か、私に気付いて。

私は心の中で何度も真樹と未歩の名前を呼び続けた。

■真樹

「……ダメだ、何処にもお姉がいない」

総務部のあるフロアはもちろん、ビル全体を隈《くま》なく探したというのに、お姉の姿はおろか監禁されているという確たる証拠も出てこなかった。

時間だけか無情に過ぎ去っていく。

廊下の隅にある喫煙所まできたあたしは、力尽きて思わずベンチに座り込んでしまった。

「まあまあ、捜索なんてそうたやすく結果は出ないんだから」

隣でタバコを吹かしながら、東雲さんはそう言って慰めてくれた。

「ふ～む。きっと何処かに見落としている場所があるんだろうなぁ」

けど、考えられる場所はすべて行った。各部屋はもちろんのこと、倉庫や社員食堂、資料室や地下にあった駐車場まで探したというのに……。

「フフッ、どうですか調子は？」

ふらりと夏目が現れた。最初の余裕を取り戻したかのように、うずくまっているあたしに皮肉そうな笑みを向けて来る。

「まだ駿河くんは見つかっていないようですね。……まあ、最初から駿河くんは欠勤しているのだから、いないのが当然でしょうけどね」

あざけるような夏目の言い方に、あたしは思わず唾《つば》でも吐き掛けたくなるような気分だった。けど、それではただの負け惜しみである。

あたしは沸き上がってくる怒りを必死になって押さえ込んだ。

「さて、そろそろお引き取りなさってはいかがですか？」

「え……？」

「あまり社内をうろつかれては、仕事に支障が出ますんでね。捜査しても何も出なかった以上、お引き取りを願うのは当然のことでしょう？」

表面上では笑顔を取り繕っていたが、その口調からは「早く出て行け」という意図が滲み出ている。

「おい、捜査はまだ終わっちゃ……」

「……もういいよ」

更に粘ろうとする東雲さんに、あたしは顔を伏せたまま首を振って見せた。

いくら探しても結果が出ないのでは、悔しいけど夏目の言う通りだ。決して夏目に対する疑いを捨てたり、お姉を探すことを諦めたわけではないけど、今は何をやっても結果は同じような気がした。

「でも、君はそれでいいのかい？」

「いいわけないけど……でも、今日はもう……」

込み上げて来るものを必死に抑えるあたしの姿を見て、東雲さんはタバコをくわえたまま困ったように頭を掻いた。

「……仕方ない。ここは一旦退散するか」

「どうやら話は決まったみたいですね」

タバコを灰皿で揉《も》み消す東雲さんに、夏目が勝ち誇ったような声を掛けた。あくまで冷静さを失わない夏目を、キッと睨み付けた時……。

「……っ!?」

不意に身体が締め付けられるような気がして、あたしは思わず胸を抱えた。

不安、恐怖、絶望……そして、ほんの僅かな希望。

そんな様々な感情が一気に襲ってくるようで、立ち上がろうと浮かせていた腰を再びベンチに降ろした。

「どうしたんだ、おい？」

あたしの異常に気付いた東雲さんが、そう声を掛けてあたしの肩に触れてくる。

けど、その手の感触も、声も……あたしは感じず、聞こえなくなった。

聞こえるのは、遠くから語りかけてくる微《かす》かな声。

（……真樹………………）

「……お姉っ!?」

あたしは思わず立ち上がって天井を見上げた。

確かにお姉の声だっ！

それも上の方から聞こえてくる。何故なのかはわからないけど、それがお姉の声であることは間違いない。

「お、おい……お嬢ちゃんよ」

気付くと東雲さんと夏目が、薄気味悪そうな目であたしを見つめている。

だが、それどころではない。お姉のいる場所がわかったのだっ！

「屋上だよっ！　屋上っ！」

あたしは勢い込んで東雲さんに訴えた。

「屋上……？」

東雲さんは妙な顔をしたが、その背後にいる夏目の顔にはハッキリと驚愕《きょうがく》の表情が浮かんでいる。近くで見れば、きっと冷や汗が浮かんでいるに違いない。

「ああ……そういや、まだ屋上には行ってなかったな？」

「し、しかし、屋上なんかに行っても、何かあるとは思えませんがね」

夏目はあくまでも冷静さを装っていたが、語尾が微かに震えている。それは当然、東雲さんにもわかったのだろう。東雲さんの目が途端に鋭くなった。

「あるかないかは行ってみればわかることです。さ、今度は案内してもらいましょうか」

「……わ、わかりました。では鍵《かぎ》を取ってきます」

夏目は押し切られたように頷くと、数分後、鍵を持って戻ってきた。鍵を管理しているという理由で織田とかいう社員を伴ってきたけど、こちらの男も見るからに青ざめている。

もしかすると、この男も共犯かもしれない。

あたし達は夏目に案内されて、屋上へと上がった。


屋上は意外と殺風景だった。

給水塔（？）……のようなものがあるだけで、後は何に使われているのかわからないパイプが屋上のあちこちを走り回っている。

「こんなところに来ても何もありませんよっ」

織田がヒステリックな声を上げた。

夏目が窘《たしな》めるような視線を送ったが、それよりも早く東雲さんが織田の顔を覗《のぞ》き込むようにして見つめた。

「……ほう、その割には何か慌ててないか？」

「あ……そ、そんなことは別に……」

東雲さんの迫力に押されるように、織田は語尾を濁した。

この男の様子からしても、ここにお姉がいることは間違いない。

「お姉ーっ！　いたら返事してよーっ！」

あたしは大声で叫んだ。

どんな場所に監禁されているのかわからないが、あたしの声に気付けばなんらかの返事はしてくれるはずだ。

「あたしだよーっ！　真樹だよ、お姉ーっ!!」

何度も声を上げていると……。

カンカンッ！

どこからか、金属を叩くような音が聞こえてきた。

「……な、何この音？　どこから……」

「あそこだ！」

そうして東雲さんが指したのは、屋上にあった金属製の箱だった。

箱には「緊急用」と書かれている。火災などの時に使う緊急用の脱出はしごなんかを保管しておく箱のようだ。

「あそこに……!?」

あたしは急いで駆け寄ると、重い金属製の蓋《ふた》を強引にこじ開けた。

すると、そこには……。

「お姉っ！」

やはりお姉の姿があった。

かなり衰弱しているようだけど、ちゃんとあたしを見つめ返して来る。

「お、お姉っ!?　大丈夫！」

あたしは箱の外から手を伸ばして、お姉を縛っていたロープを解いた。

お姉の隣には、もう一人別の女の人も同じような状態で転がされている。着ているのがこの会社の制服なので、多分お姉の同僚なのだろう。

「ま……真樹……」

猿ぐつわを外すと、弱々しいけどお姉ははっきりとあたしを呼んだ。

良かった……本当に良かったよ。

「真樹………私、生きてるのね……？」

「そうだよお姉！　お姉が……死ぬわけないじゃない……」

無事に助け出すことのできた喜びと安堵感《あんどかん》で、あたしの目には涙が浮かんでくる。

「真樹……ありがとうね……」

「お姉……」

あたしは力一杯お姉を抱きしめた。

「さて……これはどういうことですかな？　夏目さん？」

振り返ると、あたしの背後で東雲さんが夏目達と対峙していた。

「あ、あの……僕は何もしてません！　すべてはこの人がやったんです！」

織田が夏目を指さすと、見苦しい態度で喚《わめ》き散らした。

そんな織田に夏目は無言でいたが、代わりに東雲さんが呆れたような顔を浮かべた。

「それを見てて止めなきゃ、共犯と同じだよ」

「あ、そ、そんな……」

織田は呆けたように呟くと、ガックリとその場に崩れた。

「……しかし、ど、どうしてここだとわかったんだ？」

もはや観念したのか、夏目はその場から逃げようともしなかった。ただ、厳しい目を東雲さんに向けている。

「見つけたのは俺じゃない。あんたも見てただろう、そこにいるガンコなお嬢さんだ」

二人の顔が同時にあたしに向けられた。

けど、これは説明したって絶対にわかるはずもないし、信じることもできないだろう。

あたし達姉妹が、同じ心を共有しているなんて……。

東雲さんが連絡したのか、遠くからパトカーのサイレンの音が聞こえてきた。

エピローグ　末歩

遼子お姉ちゃんは、真樹お姉ちゃんによって無事に見つけだされた。

……でも、実はそれからの方が大変だったかもしれない。

前代未聞の事件として、被害者である遼子お姉ちゃんはTVや新聞の取材攻勢を受ける羽目になってしまったのだ。さすがに名前は伏せてあったけど、興味本位でおもしろおかしく書き立てるマスコミのせいで、お姉ちゃんは会社を辞めることになってしまった。

本当に思い出しただけでも腹が立ってくる。

もっとも、いつの間にかちゃんとした恋人同士になってしまったという真樹お姉ちゃんと一平さんが、盾となって無神経なマスコミから遼子お姉ちゃんを守っているので、今は安心なんだけどね。

遼子お姉ちゃんは最近になって、ようやく笑うようになってきた。もう少しすれば、またいつも通りの日常が戻ってくるだろう。

橋場先輩とのことで一時は落ち込んでいた螢ちゃんも、今度はバスケ部の栗山《くりやま》先輩とやらを見ては目をハートマークにしている。

男はもういい……なんて言ってたくせに、螢ちゃんの春はまだまだ続きそうだ。

そして私は……。

「……でも……本当にいいの？」

初めて訪れた梨本くんの部屋で、私達は二人きりになっていた。

偶然にも家族の人が出掛けているって聞いた時、私もちょっぴりは期待したんだけど、その……やっぱり、そうなってしまった。

囁《ささや》くように訊《き》いてくる梨本くんに、私は少しだけ躊躇《とまど》ってから頷《うなず》いた。

「じ、じゃあ……」

梨本くんは私が頷くのを確認してから、そっと床の上にあったクッションの上に押し倒してきた。上着とブラジャーをたくし上げ、梨本くんの手が私の胸に触れてくる。

そして、胸の柔らかさと感触を確かめるように揉《も》み始めた。

「駿河さんの胸……すごく柔らかいよ」

「んっ……」

梨本くんに胸を見られ触られているという恥ずかしさに、私は両手で顔を覆った。梨本くんは私の両手を掴《つか》んで外すと、そっと口付けてきた。

よく言われるように、初めてのキスは甘い味がした……。

「やっぱり……いや？」

「う、ううん……そんなことない。ちょっと恥ずかしいけど……」

気遣ってくれる梨本くんに向けて小さく首を振ると、彼は安心したような表情を浮かべて、再び私の胸に触れてきた。

すぐに固くなってしまった乳首に口付けされ、舌で愛《あい》撫《ぶ》されたり音を立てて吸われたりすると、私は知らないうちに甘い声を上げていた。

「はぁぁん……んんっ…あぁ……」

痛さと心地良さが交じり合う不思議な感覚の中で身悶《みもだ》えていると、梨本くんの指が私のスカートの中に潜り込んでパンティに触れてきた。

「あっ……」

覚悟はしていたけど、すでに濡《ぬ》れてしまっていることを知られてしまい、カッと顔が赤くなる。梨本くんの指はしばらくの間、遠慮するようにパンティの表面をうろついていたけど、やがてそっと中へと潜り込んできた。

「あ、ダメ……んんっはぁ……」

梨本くんの指が私の大事な部分に触れた瞬間、痺《しび》れるような快感を感じると共に下半身が熱くなった。入り口をつついていた指がやがてゆっくりと中に沈み込んでく

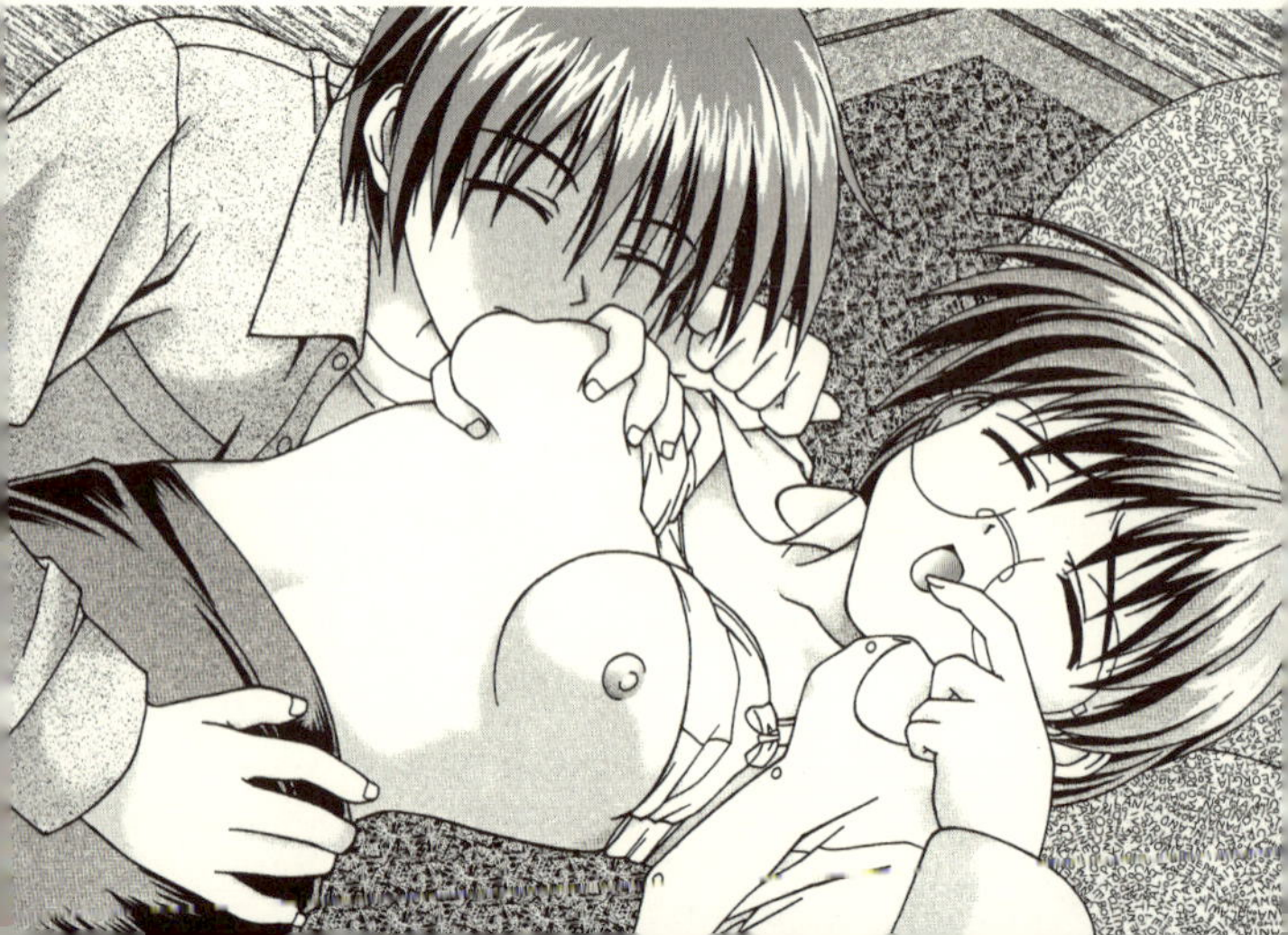

る。

ほんのちょっと入れられただけなのに、私の身体は入ってきた梨本くんの指を逃すまいと、無意識の内に絡みついて愛液を溢《あふ》れさせていった。

「はぁん……梨本くん………んぁ…」

梨本くんの指が奥へ入るたび、私の口から切ない声が洩《も》れる。

「す、駿河さん……」

梨本くんは不意に私から離れると、身体を抱え上げるようにしてベッドの上へと誘った。

私は導かれるままに移動してベッドの上に転がる。

梨本くんは自ら着ていた服を脱ぎ捨てると、今度は私の身体にまとわりついていた上着やスカートを取り払い、最後にパンティをそっと足から抜いた。

「あっ……な、梨本くん……私、初めてだから」

「うん。力抜いてリラックスして……」

そう囁くと、梨本くんは私の両脚を割ってその間にと身体を滑り込ませてきた。全裸をさらけ出した恥ずかしさと同時に、迫る行為に期待と不安がどんどん膨らんで行く。

ふと顔を上げると、私の両脚の間に梨本くんの……がヒクヒクと脈打つように揺れていた。思わず目を反らしてしまったけど、梨本くんの身体の一部とは思えないほどグロテスクなものに見えた。

あれが……私の中に入ってくる？

「……んっ……あぁぁ……」

ぼんやりとそんなことを考えていた私の股間《こかん》に、梨本くんが最終確認をするように手で触れてきた。梨本くんのを見たためか、今まで以上に愛液が滲《にじ》み出している。

「な、梨本くん……」

「僕に任せて……いくよ」

優しく私の髪を撫《な》でながら、梨本くんは火のように熱くなった身体を押しつけ、私の中にゆっくりと入ってきた。

「あん……んっ……いたっ……」

「あ……だ、大丈夫……？」

閉じていた傷口を開いていくような感覚に私が声を荒らげると、そっと梨本くんが心配げな表情を向けてきた。

「う、うん……だから、全部……んっ！」

涙を流しながらも痛みに耐える私を見て、梨本くんは少しだけ躊躇いを見せたが、やがて奥深くを目指して進んでくる。刺すような痛みが断片的に続く中、やがて梨本くんの動きがピタリと止まった。

「ん……全部入ったよ……」

エピローグ　未歩

「なんか……変な感じ……」

梨本くんを身体全体で感じ、私は虚ろになって呟《つぶや》いた。なんだか想像していた以上の圧迫感と温かさだ。私の中で、梨本くんが確実に息づいているのを感じて不思議な気分になった。

「じゃ、う、動かすよ……」

梨本くんはゆっくりと腰を引き、私の中からペニスを引き抜いていった。

「んっ……」

その奇妙な感触に私は思わず声を上げる。何度となく梨本くんが往復していくたび、段々と私の中で変化が起こっていった。

感じ始めた悦楽に腰を浮かせていくと、梨本くんは更に激しく私を突き上げた。

「あぁぁ……んぁ……そんなに……激しくしたら……」

パンパンと腰を打ち付ける音が私の耳にも届いてくる。下半身が痺れ、まるで腰から下が違う世界へ行って

しまったかのような感じだ。

私はとろけるような感覚の中で、やはりこれも今頃はお姉ちゃん達に伝わっているのだろうか……とぼんやり思った。

だとすると、なんだか恥ずかしい。

こんなに感じた私の心がすべて伝わってしまうなんて……。

でも、仕方ないよね。私だって、今までずっとお姉ちゃん達から一方的に感覚を伝えられていたんだから。

今度は私の番。

厄介《やっかい》だけど、これが私達姉妹の絆《きずな》なんだから……。

「い、いくよ……駿河さん……」

「んん……はぁぁぁん……梨本くんっ！」

私の中で今まで以上に梨本くんが大きくなったかと思うと、私は目も眩《くら》むような快感の波に押されて、大きな声で彼の名前を呼んだ。

END

あとがき

こんにちはっ、雑賀匡です。

今年、二冊目のノベルはクラウド様の「同心」をお送りします。

ゲームの方がザッピングシステムを使っていたので、出来るだけその雰囲気を出そうと、今回は少し変わった構成にしてみました。ページ調整で死ぬ思いをしました（笑）ので、その効果が上手く出ていればいいのですが……。

毎度のことながら、ページの都合でノベルに登場させることの出来なかった女の子が何人かいます。特にチャムという女の子はプロットでは登場させておきながら、本編の方では削ってしまいました（汗）。とても面白い女の子なので、興味を持った方は是非ゲームの方をプレイしてみてください。


最後にパラダイムのK田編集長様とK崎様、お世話になりました。

そして、この本を手に取っていただいた方にお礼を申し上げます。また、お目にかかれる日を楽しみにしております。

雑賀　匡

同心～三姉妹のエチュード～

2000年7月30日 初版第1刷発行

著　者　雑賀 匡
原　作　クラウド
原　画　虎宮 はると・葉月 望

発行人　久保田 裕
発行所　株式会社パラダイム
〒166-0011 東京都杉並区梅里2-40-19
ワールドビル202
TEL03-5306-6921 FAX03-5306-6923

装　丁　林 雅之
印　刷　ダイヤモンド・グラフィック社

乱丁・落丁はお取り替えいたします。
定価はカバーに表示してあります。

既刊ラインナップ

1 悪夢～青い果実の散花～ 原作:スタジオメビウス
2 脅迫 原作:アイル
3 痕～きずあと～ 原作:リーフ
4 慾～むさぼり～ 原作:May-Be SOFT TRUSE
5 黒の断章 原作:Abogado Powers
6 淫従の堕天使 原作:DISCOVERY
7 Esの方程式 原作:Abogado Powers
8 歪み 原作:May-Be SOFT TRUSE
9 悪夢 第二章 原作:スタジオメビウス
10 瑠璃色の雪 原作:アイル
11 官能教習 原作:テトラテック
12 復讐 原作:クラウド
13 淫Days 原作:ルナーソフト
14 お兄ちゃんへ 原作:ギルティ
15 緊縛の館 原作:XYZ

16 密猟区 原作:ZERO
17 淫内感染 原作:ジックス
18 月光獣 原作:ブルーゲイル
19 告白 原作:ギルティ
20 Xchange 原作:クラウド
21 虜2 原作:ディーオー
22 飼 原作:13cm
23 迷子の気持ち 原作:フォスター
24 ナチュラル～身も心も～ 原作:フェアリーテール
25 放課後はフィアンセ 原作:スィートバジル
26 骸～メスを狙う顎～ 原作:SAGA PLANETS
27 朧月都市 原作:GODDESSレーベル
28 Shift! 原作:Trush
29 いまじねいしょんLOVE 原作:U・Me SOFT
30 ナチュラル～アナザーストーリー～ 原作:フェアリーテール

31 キミにSteady 原作:ディーオー
32 ディヴァイデッド 原作:シーズウェア
33 紅い瞳のセラフ 原作:Bishop
34 MIND 原作:まんぼうSOFT
35 錬金術の娘 原作:BLACK PACKAGE
36 凌辱～好きですか?～ 原作:アイル
37 My dearアレながおじさん 原作:ブルーゲイル
38 狂*師～ねらわれた制服～ 原作:クラウド
39 UP! 原作:メイビーソフト
40 魔薬 原作:FLADY
41 臨界点 原作:スィートバジル
42 絶望～青い果実の散花～ 原作:スタジオメビウス
43 美しき獲物たちの学園 明日菜編 原作:ミンク
44 淫内感染～真夜中のナースコール～ 原作:ジックス
45 My Girl 原作:Jam

定価 各860円+税

46 面会謝絶 原作:シリウス
47 偽善 原作:ダブルクロス
48 美しき獲物たちの学園 由利香編 原作:ミンク
49 せ・ん・せ・い 原作:ディーオー
50 sonnet～心かさねて～ 原作:ブルーゲイル
51 リトルMyメイド 原作:スィートバジル
52 flowers～ココロノハナ～ 原作:CRAFTWORK side・b
53 サナトリウム 原作:ジックス
54 はるあきふゆにないじかん 原作:トラヴュランス
55 プレシャスLOVE 原作:BLACK PACKAGE
56 ときめきCheck in! 原作:クラウド
57 散櫻～禁断の血族～ 原作:シーズウェア
58 Kanon～雪の少女～ 原作:Key
59 セデュース～誘惑～ 原作:アクトレス
60 RISE 原作:RISE

61 虚像庭園～少女の散る場所～ 原作:BLACK PACKAGE TRY
62 終末の過ごし方 原作:Abogado Powers
63 略奪～緊縛の館 完結編～ 原作:XYZ
64 Touch me～恋のおくすり～ 原作:ミンク
65 淫内感染2 原作:ジックス
66 加奈～いもうと～ 原作:ディーオー
67 PILE・DRIVER 原作:ブルーゲイル
68 Lipstick Adv.EX 原作:フェアリーテール
69 Fresh! 原作:BELLDA
70 脅迫～終わらない明日～ 原作:アイル【チーム・Riva】
71 うつせみ 原作:BLACK PACKAGE
72 Xchange2 原作:クラウド
73 M.E.M.～汚された純潔～ 原作:アイル【チーム・ラヴリス】
74 Fu・shi・da・ra 原作:ミンク
75 絶望～第二章～ 原作:スタジオメビウス

76 Kanon～笑顔の向こう側に～ 原作:Key
77 ツグナヒ 原作:ブルーゲイル
78 ねがい 原作:RAM
79 アルバムの中の微笑み 原作:curecube
80 ハーレムレーサー 原作:Jam
81 絶望～第三章～ 原作:スタジオメビウス
82 淫内感染2～鳴り止まぬナースコール～ 原作:ジックス
83 螺旋回廊 原作:ruf
84 Kanon～少女の檻～ 原作:Key
85 夜勤病棟 原作:ミンク
86 使用済～CONDOM～ 原作:ギルティ
88 Treating 2U 原作:ブルーゲイル
89 尽くしてあげちゃう 原作:トラヴュランス
90 Kanon～the fox and the grapes～ 原作:Key

〈パラダイムノベルス新刊予定〉

☆話題の作品がぞくぞく登場！

91.もう好きにしてください

システムロゼ　原作
もりたみよを　著

隠し撮りが趣味の一郎。屋敷の使用人の痴態をビデオに収め、それをネタに女の子たちを脅してゆく！

94.Kanon
～日溜まりの街～

Key　原作
清水マリコ　著

祐一は商店街で、捜し物をしている少女「あゆ」と出会う。大好評の『kanon』シリーズ、感動の最終巻。

95.贖罪の教室

ruf　原作
黒猫文治　著

平松七瀬はごくふつうの女子校生。だが父親が殺人事件に関わったことから、学校で性的なイジメにあうようになってしまう…。